選択型ショート・ストーリー

天国か？地獄か？

ギリギリチョイス

［著］栗生こずえ
［イラスト］esk

JN224072

ポプラ社

目次(もくじ)

ニャッス！

わたしの名前はギリギリねこ。
『ギリギリチョイス』の世界の案内役をつとめます。

この本にのっているのは、いずれも主人公たちが
《ギリギリ》の状態におかれるお話。

たとえば、大失敗しちゃったとき、
人生にかかわる大事な勝負の場面で、
どんな行動をとるかで
大きく未来は
かわるのです。

わたしたちの毎日は
小さなひとつひとつの
選択でできていて、
この《チョイス》のつみかさねが
人生をつくっていくとも言えるわけ。

みなさんにはお話を読みながら主人公の気持ちになって
「このあと、どうする?」をえらんでもらいます。
その先に待っている結末は天国か、はたまた地獄か?
すべてはキミの《チョイス》にかかっています。

さあ……ギリギリチョイスのお時間です!

001 モトキのモテ期

★小6・モトキの場合

オレ、去年まではバレンタイン・デーなんか全然気にしたことなかったんだよ。その日が近づくと、女子たちがやたらソワソワしだす。だれがだれにあげたとかカップルが成立したとか聞くけど、オレには関係ない世界でさ。母さん以外からもらったことあるのは、おすそ分けって感じのちっちゃいチョコくらいだよ。「友チョコ」ってヤツな。

なのにオレは今日——小学校生活最後のバレンタイン・デーの日、クラス中の注目を集めている。

それはバンドウエリとユノキシズカ——6年1組きっての人気者がオレに告白することが知れわたっているからなんだ。

バンドウさんとユノキさんは女子の2大リーダーだ。

ふたりともやたら勉強ができてクラスで1番、2番を競ってるし、代わりばんこに学級委員にえらばれてる。

ポニーテールがトレードマークのバンドウさんはスポーツ万能で、ソフトボール部のエースピッチャー。試合では速球を投げこんでバンバン三振とっちゃってさぁ。体育のとき、男子だってだれもバンドウさんの球、打てなかったもんな。

ユノキさんは栗色っぽいロングヘアーで一見おしとやかなおじょう様っぽいんだけど、ダンスが上手。

Kポップアイドルの曲なんか歌いながらおどりこなしちゃう。

ファッションセンスもばつぐんで、ユノキ派の女子はみんなマネしてる。

クラスの女子はバンドウ派とユノキ派の2グループに分かれてるんだ。

あ、でも対立してるわけじゃない。そこがこのふたりの大物っぽいとこでさ。おたがいみとめ合ってるっていうの？「よきライバル」みたいな感じなんだよね。

さらにそろって性格もいいから、ふたりにあこがれてる男子も多いわけ。

オレははっきり言って、クラスじゃ目立たない方だ。

成績はフツー。運動神経もフツー。徒競走だと万年3位ってとこだな。

マジメじゃないけど、先生にしょっちゅうおこられるようなキャラでもない。

特技は……う～ん、迷路をかくことかな。

そんなオレがハイレベル女子ふたりにすかれるようになったのは、遠足の日のちょっとしたできごとのせいだ。

2学期の森林公園の遠足のとき。オレはノガワさんっていう女子が具合悪そうなのにたまたま気づいた。

ふだんつるんでるバンドウ派の仲間からはぐれてポツンとしててさ。

こりゃ熱中症だなとおもったんで、日かげにつれてって水分をあげて、近くにいたヤツに声をかけて先生をよんでもらった。

ただそれだけなんだけど。バンドウさんにすごい感謝されたんだ。

「気づかなかった自分がはずかしいよ。ホントにやさしい人ってモトキくんみたいな人のことを言うんだよね」なんて言う。

さらにその直後。オレが森の中でバードコールを鳴らしてたら、ユノキさんが「それなぁに？」って近づいてきた。バードコールってのは木と金属のネジでできてる。ネジを動かすと鳥のさえずりみたいな音がするんだ。

説明してバードコールを貸してあげたら、鳥がまいおりてきたんでユノキさんは大喜び。「今のはキビタキだよ」って教えたら、「モトキくんって鳥にくわしいんだね。そういうのカッコいい！」ってわらいかけてきた。

　その日から、バンドウさんとユノキさんはちょくちょく話しかけてくるようになったんだけど。まさか、ふたりがオレをすきだなんて。

　なんとバンドウさんとユノキさんは「バレンタインにモトキくんに告白する」と宣言したらしい。マジか！　そんなわけで男子にはどっちが勝つか賭けてるヤツらもいる始末。

「モトキ。おまえはどっちがすきなんだよ？」ってみんなが聞いてくるけど。こまったよね。ふたりともスーパーいい子で、しゃべってると楽しい。どっちかひとりに告白されるんなら迷わずOKするよ。だけど、えらぶなんて……オレ、だれがすきとかよくわかんないんだよ！

　そして、むかえた今日のバレンタイン・デー。放課後、バンドウさんとユノキさんによび出されて公園に行ってみると。

　な、なんだこりゃ！　クラスの女子が全員集まってる！

こんな状況で告白する気かよ。オレがもじもじしてると……。

「もうすぐ卒業でしょ。だから、はっきりした返事がほしいんだよね」

バンドウさんが言って、ユノキさんが続ける。

「あたしたち、ふたりで話し合ったんだ。どっちがえらばれても、うらみっこなしだよって」

バンドウさんとユノキさんはなごやかに顔を見合わせた。

え。これから何が始まるんだ？

「モトキくん、すきです」

「あたしとつきあってくれませんか」

うわ、ふたり同時に告白された～～～～～～っ！　どうするんだこれ？

「あ、その……あ、えーと、ありがとう」

かすれ声でどうにか言った。

「でね。どっちかをえらんでほしいんだ」

「もし、あたしをえらんでくれるんだったら、これを受け取って」

バンドウさんはピンクのうすい紙の包みを取り出した。

「大きなチョコプリンをつくったの」

「あたしのはこれ」と言ってユノキさんが差し出したのは、これまた大きな包み。

「ハートの形のチョコタルトだよ。手づくりチョコ、はじめてつくったんだ。心をこめてね」

「あたしも。食べてもらいたいけど、両方受け取るのはダメだからね！」

くっ。どうしたらいいんだ？　バンドウさんとユノキさん、どっちかがオレのカノジョになるとしたら、

すっごい名誉なのはまちがいない。
ふたりは真剣にオレを見つめてる。どっちもえらばないなんて、もったいないことはできないし。そんなことしたら、女子全員から攻撃されそうだし。こうなったら
――チョコの種類でえらぶしかない⁉

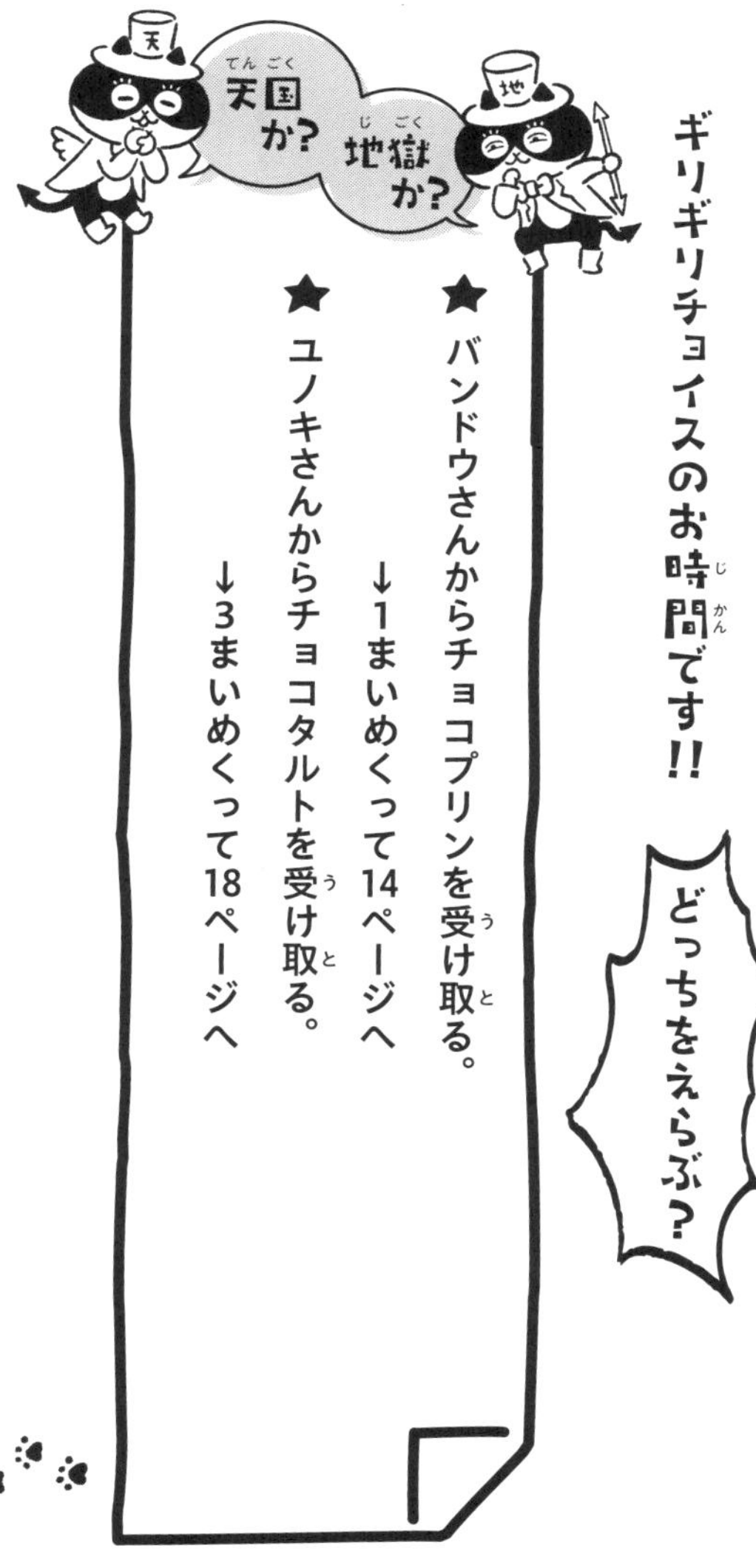

ギリギリチョイスのお時間です!!

どっちをえらぶ？

★バンドウさんからチョコプリンを受け取る。
↓1まいめくって14ページへ

★ユノキさんからチョコタルトを受け取る。
↓3まいめくって18ページへ

天国チョイス

プリンのおかげで、人生最大のモテ期が到来した話

ふふふ……♥

恋する気持ちを知らなかったオレだが、中学生ともなるとこんなにラブラブになっちゃうとはね！

その相手は、オレが遠足のとき助けてあげたノガワさんだ！

どうしてノガワさんかって？　それには、こういうわけがあるんだ。

ユノキさんと見物してた女子たちが帰ったあと、オレはバンドウさんとベンチにこしかけた。

「モトキくん、あたしをえらんでくれてありがとう」

バンドウさんは箱からプリンを取り出した。どんぶりサイズで、ホイップクリームで「ＬＯＶＥ」とかいてある。

「ね、食べてみて。モトキくん、プリンすきでしょ？　給食にプリン出たとき、いつも味わって食べてるから」

「うん、すきだよ、プリン」

そんなことまで気づいてくれてたんだ。オレはチョコプリンをプラスチックのスプーンですくって口に入れた。しっかりチョコの味がしてすごくうまい。

「スゲーうまいよ」

「そう、よかった」

もしかして……オレ、よくなかったんじゃないか。バンドウさんはこんなに真剣なのに、オレ、いいかげんすぎじゃない？　ノリでOKしちゃって、そのうちこまったことになるんじゃないか？

バンドウさんはオレがもくもくとプリンを食べるのを見ながら口を開く。

「聞いてもいいかな。モトキくんはどうしてあたしをえらんでくれたの？」

「どうしてって……う～～～～～ん」

オレは考えこんだ。いつまでたってもオレが何も言わないでいるから、さすがのバンドウさんもイラつき始めた。で、「あたしのこと、すきじゃないの？　もういいよ！」とおこったように言って帰っちゃったんだ。

　オレはバンドウさんに告白され、つきあいはじめて10分でフラれた男として有名になった。

　おかげで卒業までは、なんとなく女子に白い目で見られてたけど、中学に入学してすぐ、ノガワさんがオレに告白してきたんだ。

　オレもさすがに今度はよく考えたよ。で、わかったんだ。遠足のときノガワさんが具合が悪いのに気づい

たのは、彼女のことが気になってたからだってことが。

ちなみに「オレがプリンがすき」って最初に気づいたのはノガワさんなんだって。

彼女がバンドウさんに教えたんだって。ノガワさんは遠足の日からオレをすきだったけど、あのふたりにかなうわけないとおもってあきらめてたらしい。

人生最高のモテ期は終わったけど、いや、今が一番のモテ期なのかもな。

だってオレがすきな人にモテてるんだから。ハッハッハ～!!

地獄チョイス

前歯が折れてふっとび、砂場をひっしでさがすことになった話

オレはひとり、公園の砂場にひざをついて砂をかき回していた。

ユノキさんの手づくりチョコタルトが、あんな悲劇をもたらすなんてなぁ……。


「よかったら食べてみて。あ、紅茶もあるんだ」

ふたりきりになると、ユノキさんはバッグから水筒と紙コップを出した。用意がいいなぁ。

よく見たら、ユノキさんはいつもとちがう髪型をしてる。たぶんオシャレをしてきたんだよな。

カラフルなチョコでつくられたタルトには、まんなかにナッツで「MOTOKI」の文字。

しかし……こんな超人気者のユノキさんがオレのカノジョとかってしんじられない

よな。カノジョかぁ。じゃあオレはカレシ？　うーん、やっぱりピンとこない。カレシ、カノジョってなんなんだ。だれかに聞きたいけど、仲いい男でカノジョいるヤツなんていないいしなぁ。

それに。もしかしなくても、あしたにはオレがユノキさんとつきあうことになった件、学年中に広まってるんだろうな。めちゃくちゃひやかされるんじゃね？　でも、今さらかくすなんてムリだし。

「モトキくん、どうかした？」

ユノキさんが心配そうな声を出す。

「いやいやいやいやいやいやいや、なんでもない」

オレは笑顔をつくってみせ、ずっしり重いチョコタルトにかじりついた。

バキィッ！

「わ～～～～っ、歯が折れた～～～～～っ！」

チョコタルトのかたいのなんの。勢いよくおもいっきりいったから――折れた前歯は砂場にとびこんだ。たぶん。

「え！　モトキくん、やだぁ〜」

ユノキさんはこまった顔になる。

「やだぁ」はないだろ！

「だって、このクソかたいチョコタルトのせいじゃん」

「は？　そんな言い方、ひどいともう」

ユノキさんの目がつり上がった。

それからはげしい言い争いになり、ユノキさんは岩石のようなチョコタルトを投げすてて帰ってしまった。

砂場を掘りまくったが、けっきょく折れた歯は見つからず。

帰ったら親にめちゃくちゃおこら

れた。「なんで折れたの!?」って。そりゃそうだよね。言いわけしたけど、証拠品のチョコタルトはないし。

次の日から女子にはつめたい目で見られるし（もちろんバンドウさんにも）、卒業アルバムの写真も歯のかけた顔だし。

バレンタインなんか大っきらいだ～！

絶望的大ねぼう

★28歳・アイミの場合

ふっと目が覚めたら、カーテンのすきまから差しこむ光がやけに強いような気がして。

目覚まし時計に目をやったあたしはとびおきた。

お、お昼の12時10分!? 大ねぼうだーーーーっ！

や、や、やっちまった！ あああ、なんでこんな大事な日に？ きのう、興奮してなかなかねつけなかったから？

あたしはフリーランスのライターだ。

大学を卒業後、編集プロダクションに4年つとめ、去年独立して個人で仕事を始めた。カフェやラーメン店や新商品のレビュー、ドラマの紹介とか、雑誌やネットにのるいろんな記事をかいてる。
今日のは大仕事なんだよ！
大すきなファッション雑誌『コーラル』編集部からはじめて依頼された仕事。
しかも大人気の俳優、オカジマノリヤのインタビュー取材なんだ。
S駅のそばにある撮影スタジオに12時45分に集合なのに。
うちから一番近い駅まで徒歩５分。
そこからS駅までの電車の所用時間は（乗りつぎ時間も入れて）約60分。
つまり片道計65分。
今すぐとびだしても、ちこくは確定だ。
相手は超多忙の俳優さん……ちこくなんてぜったいゆるされないのに⁉
あああ、２分たった。12時12分になっちゃった。
あたし、もともとこの世に存在しなかったってことになんないかな？
なぁんて言ってる場合じゃない。
きのうぬいだままになってたスーツに着替え、顔もあらわず歯もみがかずに、バッグをつかんでとびだした。
駅まで全力疾走だ！
坂をかけ下りながらスマホで電車の乗りつぎ時間を調べる。
12時16分の電車に乗れば、1時20分に到着だ。
っていうか、「おくれます」って編集長のトダさんに連絡……しなきゃだよね。
「貧血を起こして出るのがおくれた」とか言っちゃう？
いや、具合が悪いならもっと早く連絡するよね。ダメだ。
それに大学の先生も言ってた。

「しっぱいをごまかそうとすると事態はさらに悪くなる。誠実にあやまるべし」って。

でも、こわいなぁ。「は、ちこく？　もう来なくていいよ！」って言われたらどうしよう。

ハァハァ、駅に着いた！

12時16分ジャスト。あ、もう電車がホームに入ってくるところだ！

構内にかけこもうとしたとき、駅前のタクシー乗り場に1台タクシーがいるのが目に入る。

ちょっと待って。

もしかして、タクシーなら間に合ったりしないかな？

高速道路を使えば最速30分くらいで着く……かもしれない。

めちゃくちゃ道がすいてればだけど。

運転手は死んだ目でスマホをじ～っと見てる。

年は若そう。

ベテランドライバーならともかく

……だいぶ不安。

電車よりおそくなっちゃう可能性

もあるよね。

もう1秒も迷ってるヒマはないん

だけど、どうしよう……！

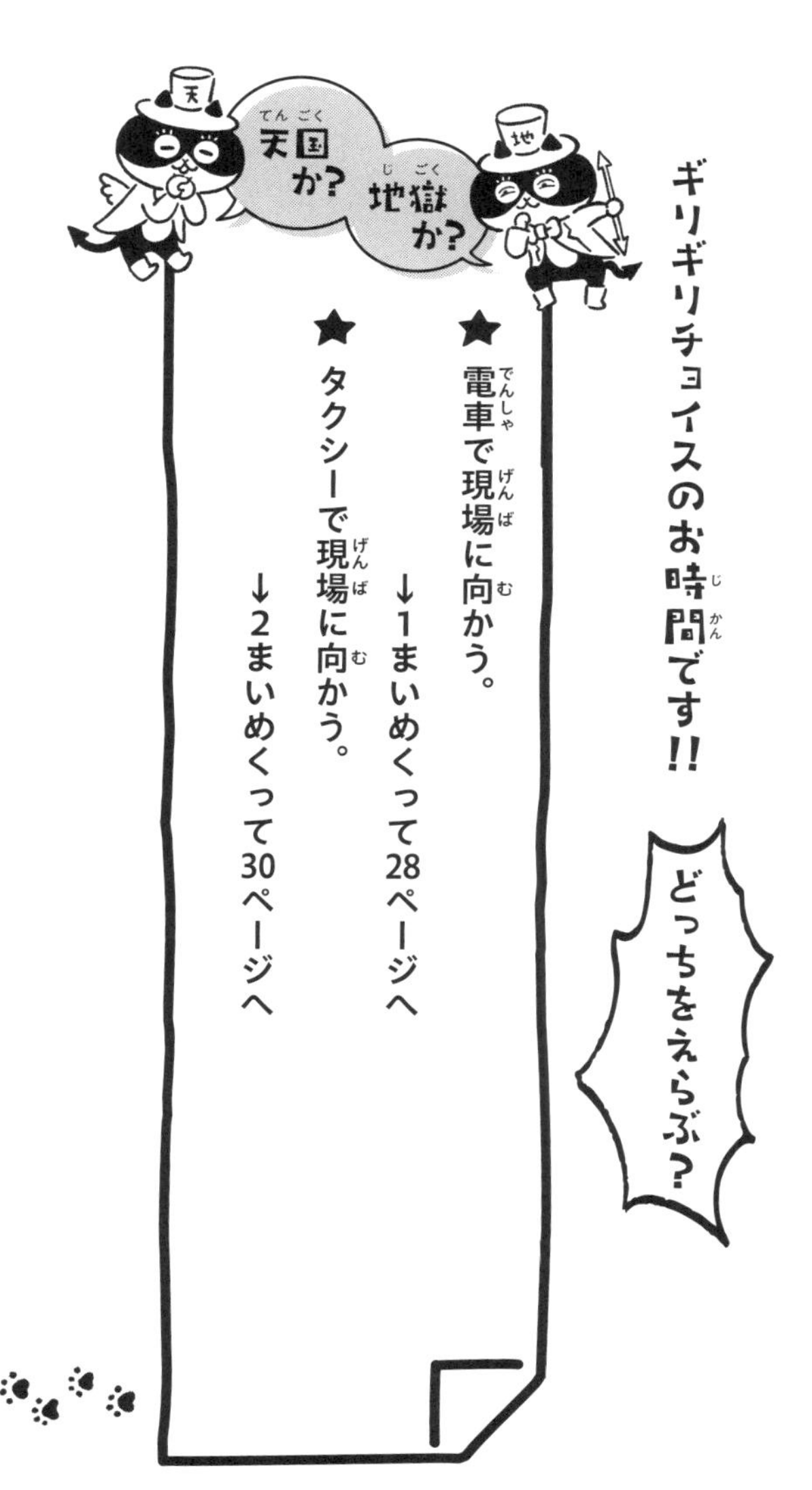

ギリギリチョイスのお時間です!!

どっちをえらぶ?

★電車で現場に向かう。
↓1まいめくって28ページへ

★タクシーで現場に向かう。
↓2まいめくって30ページへ

地獄チョイス

ジュースまみれでビショビショになって、お仕事が終了した話

電車にとび乗って電話をかけ、「到着が1時20分になる」と告げたとき、トダさんの反応は意外とおだやかだった。

「しょうがないな。じゃ、予定変更。取材をあとにして、撮影を先にやることにするよ」ところが、その1分後。二度目の電話をすると——トダさんはつめたく「あ、もう来なくていいよ」と言い放ったんだ。

なんでもう一度電話をしたかって？

トダさんがあまりおこってなかったから、ホッとして車両のはじっこの席にこしかけた。バッグからオレンジジュースのペットボトルを出して飲もうとしたとき。電車がガクンと止まり、ジュースがシャツの胸元にこぼれちゃった！　ビショビショだよ、どうしてくれんの!?

そしたら、車内アナウンスが流れたんだ。

「お急ぎのところ申し訳ありません。この先で踏切事故が発生した影響で緊急停止しました」

は。終わった………！

駅と駅のあいだだからおりることもできない。それでトダさんに急いで電話したってわけ。電車のトラブルは自分のせいじゃないからモヤモヤするけど——まぁ、もとはといえば自分のせいか。

そして『コーラル』からは二度と依頼はなかったんだ。

終

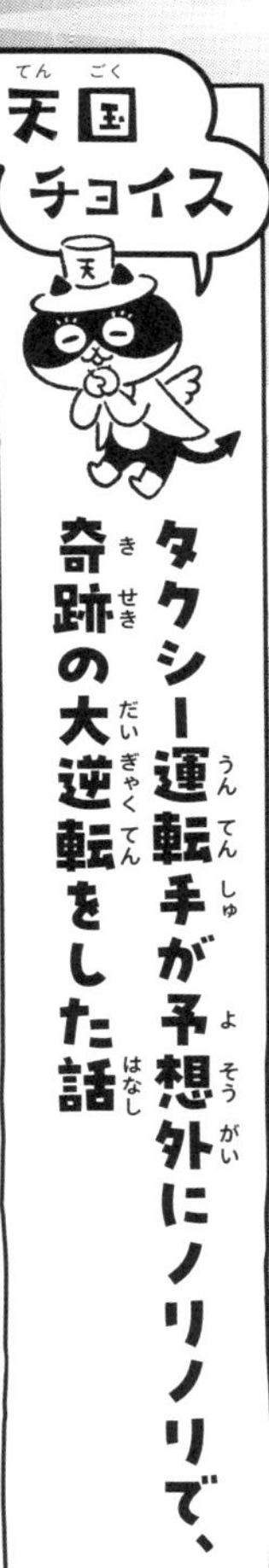

タクシー運転手が予想外にノリノリで、奇跡の大逆転をした話

あたしはオカジマノリヤを前に、スラスラといい調子でインタビューを進めていた。編集長のトダさんは横でうなずきながら笑顔をうかべている。あたしが大ちこくしそうだったことも知らずに……。

あたしはタクシーに乗りこむと急いで言った。

「あの……12時45分にS駅に着くことってできますか？」

「は!?　あと30分きってるけど？」

運転手さんはおどろいた声になった。ヤバい。きげんをそこねちゃった？

「1時までに着いたらありがたい」と言い直そうとしたとき。

「ワケありなんですね。アクション映画みたいでワクワクするなぁ」

ミラーにうつる運転手さんの目がかがやいてる。なんかツボにはまったらしい。

「そうだな～。6、7分でインターチェンジに着くから高速道路使って。最高速度ギリギリまでは出しちゃうからね～。ははは、ラッキー、絶好調。次も青信号だぜいっ！ おっと、ここで車線変更しちゃうかっ」

運転手さんはノリノリ！ 映画の登場人物みたいな、しばいがかった調子でしゃべり続け、みごと12時45分にS駅到着！

奇跡の大逆転劇をだれかにしゃべりたい気持ちをおさえ――あたしは何事もなかったようにスタジオに入ったんだ。

終

003

大至急！プレゼントを用意せよ

★小5・タクトの場合

今日、オレはミニバスの試合にはじめてレギュラーで出たんだ！　同じ5年のミツヤとスタメンの座を争ってて、今日になるまで試合に出られるかわかんなかったけど。監督はオレを指名してくれたんだ。

今日のオレ、期待に応えたよなぁ。シュートもスパスパ決まった！

オレ、ずっと一番ヘタクソだったんだよ。同学年の中じゃ一番背が小さいし。でも、コツコツやってきた努力が実ったんだ。毎日うで立てふせをがんばって、自分でも「力がついてきたかも」っておもってた。すばやいパスが出せるようになったし、遠くからシュートしてもゴールにとどくようになったなって。今日の試合じゃ、オレが一番多く得点を上げたんだ！

最高の気分で帰ってきて……家のげんかんを開けると、あまいにおいがした。ママがおやつに何かつくってるのかな？　ケーキとか？

「ただいま～！」

今日の活躍を報告したくて、すぐリビングにとびこむと。

キッチンに立ってるのは高1のお姉ちゃんだった。

「あれ？　ママは？」

お姉ちゃんは生クリームを泡立てながら言った。

「ママとパパは映画見に行ってる。あたし、ペアチケットをプレゼントしたんだ。5時には帰ってくるって。それまでにデコレーションケーキ仕上げてビックリさせるんだ～。おじいちゃんとおばあちゃんも来るよ。お寿司買ってきてくれるんだって」

あ～～～～～～。そうだった。

今日はママとパパの結婚記念日。20回目の結婚記念日だから、特別なお祝いをしようって。お正月にじいちゃん、ばあちゃんの家でそんな話したっけ。自分の試合で頭がいっぱいで、すっかりわすれてた。

「お兄ちゃん、ぼくのプレゼントはこれ！」

弟のシュンが得意げに見せてきたのはママとパパの似顔絵だ。額ぶちに入れてあるから、いい感じに見える。

シュンもお姉ちゃんもしっかりプレゼントのじゅんびしてたんなら、教えてくれりゃいいのに。オレだけ何もなしって、立場ないじゃん。じいちゃんやばあちゃんも来るのにさ。

そう、じいちゃんが来るってのも問題だ。お正月に、じいちゃんにし

かられたんだ。「お姉ちゃんやシュンはお茶を入れたり、食べ終わった皿を片づけてあらったり、手つだいをしてるのにおまえはなんだ。食べるだけ食べてゴロゴロして。もっと気配りしなさい」って。

ひとっ走り花たばでも買ってくればいいんだけど、こづかいはほとんど残ってない。先週もらったばっかなのに！

一応貯金箱を確かめると……あぁ、やっぱり。100円玉1まいに10円玉が3まい。これじゃダメだ。花ってけっこう高いからさ。

となると。一番てっとり早いのは自作の「マッサージ券」かなぁ。

ま、今年の「母の日」と「父の日」にもマッサージ券をプレゼントしたんだけどさ。去年も一昨年も。

ちなみに今までママとパパがその券を使ったことはない。ムダなプレゼントなのかな？　でも、ふたりともいつもうれしそうに「ありがとう」って言ってくれるもんな。オレの真心は伝わってるはず。

あ、待てよ。花なんて買わなくてもそこらじゅうにさいてるじゃん。いい感じの花をつんできて、キレイにラッピングすればステキな花たばがいっちょう上がりじゃね？
時計を見上げると、4時30分。
うおぉ！　ママたち、あと30分で帰ってくるじゃん。
すぐにじゅんびを始めないと！

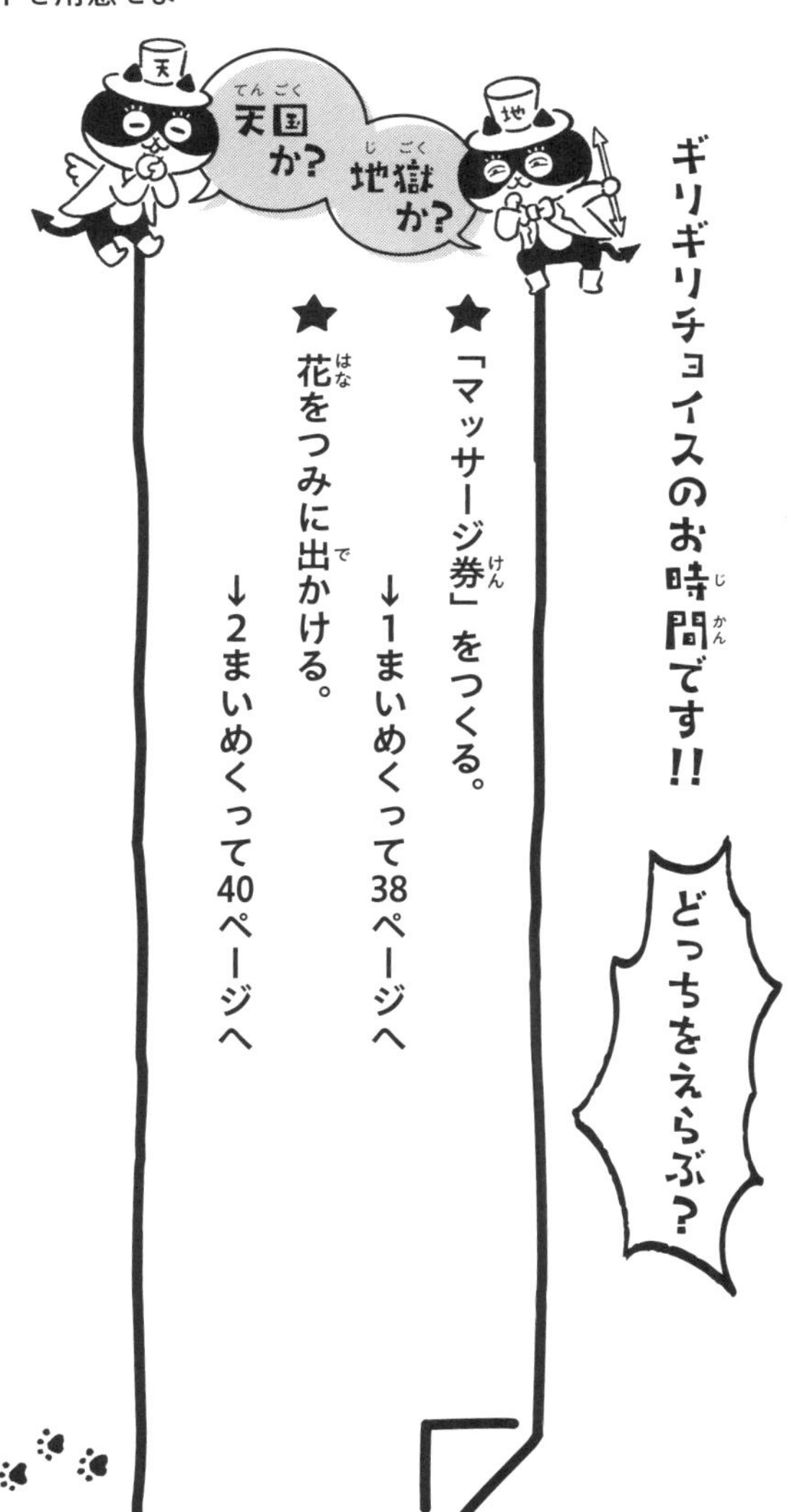

ギリギリチョイスのお時間です!!

どっちをえらぶ？

★「マッサージ券」をつくる。
↓1まいめくって38ページへ

★花をつみに出かける。
↓2まいめくって40ページへ

地獄チョイス

終わらないマッサージ地獄のせいで、手の指がつった話

みんな、よくおぼえとけ！　マッサージは超肉体労働だ！


ママとパパが帰ってきて、じいちゃんとばあちゃんもやってきて。

お姉ちゃんとシュンがプレゼントをわたすのに続いて、オレもふうとうを差し出す。

「今年のマッサージ券はドーンと100まいセットだからね！」

すると、ママが言ったんだ。

「じつはちょっとこしがいたいんだ。今やってもらおうかな」

試合でつかれてたけど、一生けんめいがんばった。

「上手ねえ。タクト、力が強くなったんじゃない？　マッサージ券、これからはえんりょなく使えるわ。今までもらったの大切に取ってあるから」

ママは引き出しを開けた。へ？　なんまいあるんだ？　300まいくらい？

パパも「ぼくも父の日にもらった券があるからたのむな」って!?

そしたら、ばあちゃんまで「いいわね、わたしもやってもらいたいわ」って言い出した。

「どうぞどうぞ、券ならいっぱいありますから」

ママ、パパ、ばあちゃん、じいちゃん。4人を2回ずつやってヘトヘト、しまいには指がつった。これからみんなに重要なアドバイスをする。マッサージ券をつくるときは「有効期限」をかいとけ!

終

家族みんなにチヤホヤされて、完全にオレが話題の中心だった話

オレは1円も使わずに50本のバラを手に入れた！

花はあちこちにさいてるけど……じつはつんでいい花ってなかなかないんだな。人んちの花を勝手にむしるわけにいかないし。

公園の花だんには「お花をとらないでください」って立て札があるし。

川べりのしげみに来たけど、ここにさいてるのはどう見ても「雑草」でショボすぎ。

プレゼント向きじゃないのはさすがにオレでもわかる。

ところが……オレはこのしげみの中でさいふを見つけたんだ。お金は入ってなかったけど運転免許証とか入ってたんで、すぐに交番にとどけたらさ。

なんと、そのさいふの持ち主はすぐそこの花屋さんだったんだ！

お礼として、うでいっぱいのバラを持って帰ったオレを、お姉ちゃんたちはけげんそうにながめた。

「こんなにたくさん買えたの？」

「オレもやるときゃやるんだよ」

ママもパパも大喜びで、バラをかかえて記念撮影した。じいちゃんもすっかりオレを見直してたね。試合で活躍した話も披露できたし——

今日の話題はオレが独占したってわけ。

終

ぼくは悪い子

★小4・リクの場合

今日は待ちに待った日。お父さんとお母さんとお兄ちゃんとぼくの4人で新しくできたテーマパークに行く約束をしててさ。

お父さんはずっとむずかしい資格試験の勉強にかかりっきりで、夏休みは全然家族で遊べなかった。お父さんは「12月になったら遊びに行けるからな」って言っててね。

で、みごとお父さんは試験に合格したんだ。

お父さんもお母さんも大喜びで。約束どおりパーッと遊びに行こう、お祝いにおいしいものを食べようって盛りあがったわけ。で、うちの家族全員が大すきなファンタジー映画の「魔法少年ジャッキーの大冒険」のテーマパークに行くことになったんだ。

うちのクラスじゃ、まだ行った子はいない。友達に言ったら、すごくうらやましがられたんだ。お兄ちゃんとインターネットでアトラクションを調べて、どの順番で回るか計画まで立ててたんだよね。

ところが、きのう学校から帰ったらお母さんがカンカンだった。

お母さん、スーパーで同じ塾に行ってるシュウくんのお母さんにばったり会ったんだって。シュウくんのお母さんが塾のテストの結果の話をしたんで、ぼくが成績表を見せてないのがバレちゃったんだ。

すごいけんまくで「成績表を出しなさい」って言われて、ぼくは考えたんだよね。あのとんでもない成績を見せるのと、「なくしちゃった」ってウソをつくのとどっちがマシかなって。

で、見せないことにした。算数で30点なんてはじめてだったし。うちのお兄ちゃんはぼくとちがって勉強ができるから、お母さんは30点なんて見たことない。そんな悪い点を見たらショックでたおれるかもしれないもん。

「なくしちゃった」って言ったら、やっぱりおこられた。すごい勢いでおこることを「かみなりを落とす」って言うけど、ホントにかみなりみたいだったよ。

それからお父さんも帰ってきて、かみなりは2倍になった。

「リク。悪い点を取ったのはしょうがない。だけど、成績表をなくして、それをだまっているのは、もっとダメだ。それはお父さん、お母さんをだましていることになるんだぞ。お父さんはすごく悲しいよ」

そこでぼくは、机の引き出しのおくの方にかくしていた成績表を出してきた。

「ごめんなさい。ホントはなくしてなかったんだ」って、あやまったんだけど。

「成績表をなくしたっていうのはウソだったのか!?」

「算数が30点？　なんなの、これは！」

「こんな点を取ってはずかしいとおもわないのか！」

え！　そりゃないよ。かくしてたことはあやまったじゃん？

それにお父さん、さっきは「悪い点を取ったのはしょうがない」って言ったのに話がちがうよ～。

「これまでちょっとあまやかしすぎたな。リク、あしたはおまえは一日家でるすばんだ！　よく反省して勉強してなさい」

てなわけで、お父さんたちはホントにぼくをおいて出かけちゃったんだ。「今日は3人でゆっくり楽しんでくる」なんて言って。わざわざゲーム機をどっかにかくしてね。お父さんだってそのゲーム機で遊ぶのすきなんだよ。当分ひとりじめする気かも。ズルいよね。

ぼくはしばらくワーワーないてたけど、腹が立ってきた。

お父さんたちの言うとおりになんかするもんか。

あ〜、ゲームやりたい！

お父さんがかくしたゲーム機、見つけ出せないかな。たぶん、お父さんの部屋のカギつきの引き出しだとおもうんだ。見つかったらさ、お父さんがとちゅうまでクリアしたゲームをずっと先までクリアしちゃうの。ぼくの方がゲームうまいからね。

いや、どうせお父さんたちは当分帰ってこないから、どっか行っちゃおうかな。友達の家でゲームやるとか。出かけるなら早い方がいい！

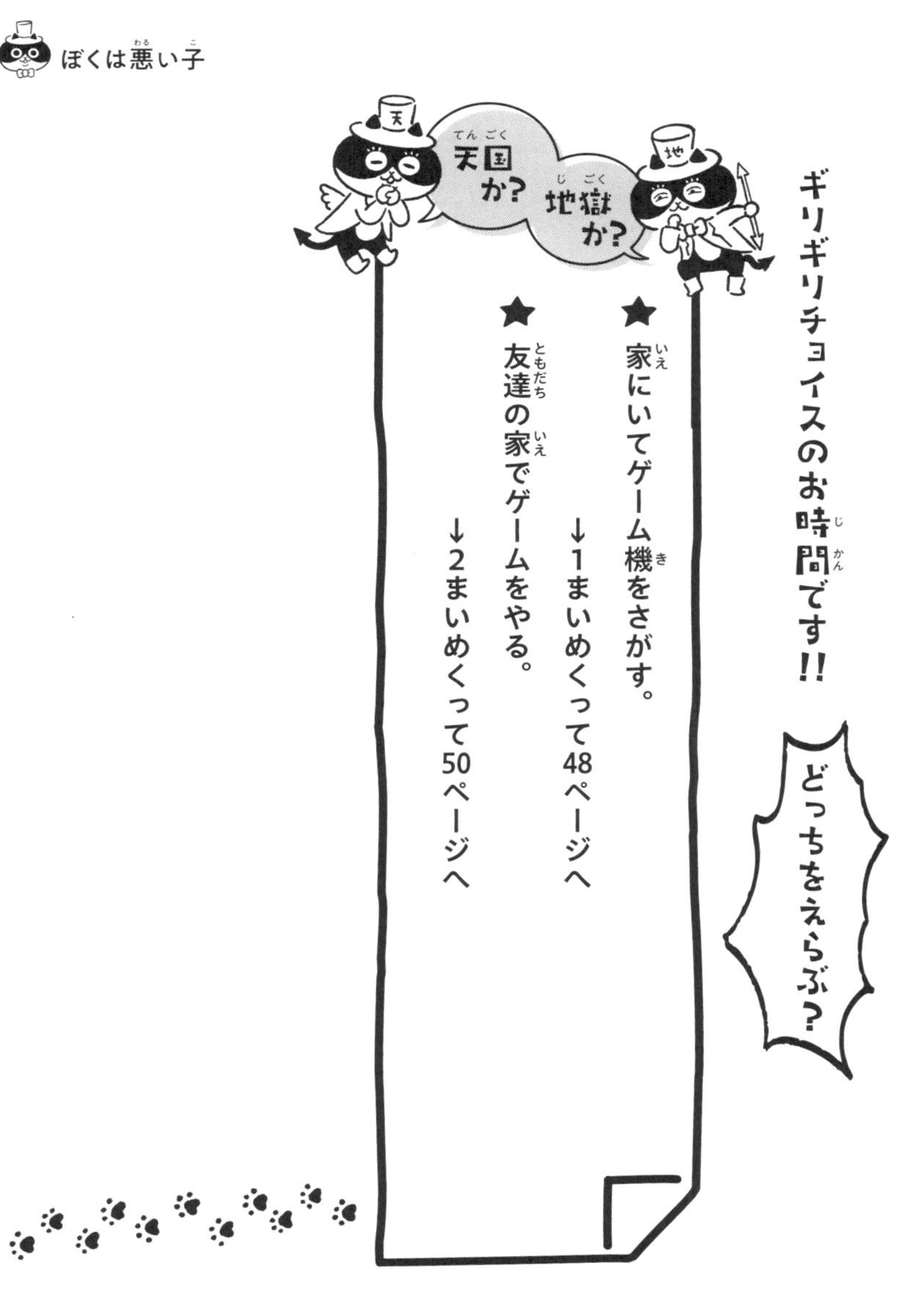

ギリギリチョイスのお時間です!!

どっちをえらぶ?

★家にいてゲーム機をさがす。
↓1まいめくって48ページへ

★友達の家でゲームをやる。
↓2まいめくって50ページへ

トイレにこもって、ゲームざんまい！最高の空間をエンジョイした話

なんと、おもいがけないプレゼントがとどいてゲームやり放題！

ぼくはお父さんの部屋で、カギがかかった引き出しをムリヤリ開けようと汗だくになっていた。そのとき、ピンポーンとドアチャイムが鳴った。

だれか来てもひとりのときは出ちゃダメって言われてるから……ちょっと待ってから外に出たらドアのわきに箱がおいてあった。

箱にはってある伝票には「ゲーム機」ってかいてある。

すぐにピンと来た。これ、ぼくがたんじょう日プレゼントにたのんでたヤツだって。

箱を開けたら大当たり。小型で、いろんな最新ゲームが搭載されてるヤツだ。

ぼくはゲーム機と説明書、ジュースとおやつを持ってトイレに入るとカギをかけた。

トイレのドアに「お父さんは正直にあやまればおこらないって言ったよね？　その

約束をやぶったからぼくはおこっています。おこらないって約束するまで出ません」って手紙をかいてはっておいた。トイレにはコンセントがあるから充電もできる。こんな天国ならなん時間だっていられるね！
　帰ってきたお父さんたちはぎゃあぎゃあわめいてたけど、そのうちこうさんしたんだよ。

終

地獄チョイス

親から、1か月間ゲーム禁止令を命じられちゃった話

「今日は3人でゆっくり楽しんでくる」って言ったのに……お父さんってホントにウソつきなんだから！　なんで早く帰ってくるんだよう！

ぼくはタカシの家に電話して、遊びに行く約束をした。タカシのマンションは歩いて5分くらい。タカシんちのお父さん、お母さんはお店をやってて日曜の昼間はいないんで、あとでバレることはないとおもったからね。自転車は使わない。同じマンションに住んでる人は、ぼくの自転車があるとかないとか、すごくよく見てるからさ。

ぼくはタカシんちでゲームをおもうぞんぶん楽しんだ。念のため早めに切り上げて3時ごろ家に帰ったら――お父さんたちが家にいるじゃん！

出かけたものの、お兄ちゃんが「リクがかわいそうだ」って言って、お父さんもお母さんも「ちょっと言いすぎた」って反省したんだって。それで、急いで帰ってき

たっていう。

それが、家でしょんぼりしてるはずのぼくが脱走してたから、お父さんたちはいっそうカンカンになってた。

お父さんもお母さんも爆発しまくり。状況はさらに悪くなって「一か月ゲーム禁止」を言いわたされちゃったんだ！

終

恐怖の通学路

★小4・カホの場合

「行ってきまーす！」

朝、あたしは8時13分に家を出た。

うっわ〜、急がなくっちゃ。うちの学校は8時25分までに教室に入らなきゃいけない決まり。厳密にいうと8時25分にチャイムが鳴り始めて、それが鳴り終わるまでに入らないとアウトなんだ。

うちから学校まではふつうに歩いて15分。だから、できるだけ8時5分までには家を出るようにしてるんだけど。

水曜は危険。毎朝見てるテレビの「おはようサンサンニュース」には水曜に、大すきな「ノラニャン」っていうネコのゆるキャラが出てくる短いコーナーがある。だいたい8時前後なんだけど、ちょっとおそいときがあってね。今日はおそい方の日だったわけ。

マラソンくらいのスピードで小走りしたあたしは足をピタリと止めた。

道のはじっこに犬がいる！

立ち止まったまま犬を観察する。

柴犬？　雑種犬？　種類はよくわかんないけど、茶色と白の犬だ。首輪からリードを引きずってる。どこかの家から脱走したのかな。

はぁ……どうしよ。

あたし、犬が大っきらいなんだよ。

ちっちゃいころ、犬にかまれたことがあって。それから大きい犬だろうがトイ・プードルみたいな小型犬だろうが、ぜーんぶこわいの。

つながれてない犬を見ると、反射的に走り出したくなっちゃう。

息を殺して、できるだけゆっくり歩く。「たのむからこっち来ないで！」っていのりながら、早歩きになりそうなのをガマンして犬の横をとおりすぎる。

「ワン、ワン！」

うわ、ほえないでよ〜。心臓に悪い！

そもそもゆっくり歩いてる場合じゃないんだよぉ。

あたし、2学期はもうぜったいにちこくできないんだから。

「ちこくをしない」が、うちのクラスの2学期の目標でさ。ちこくを5回したら、手あらい場のそうじとトイレそうじを1か月やらなきゃならないの。

ひとりでそうじなんてただでさえイヤなのに、こんな寒い時期はなおイヤだよ！

あたしのちこく回数は4回。

つまり、もうギリギリ。

じつは先週の水曜もちこくしちゃってさ。そのときは「通学路に大きな犬がいたんです」ってウソの言いわけをしたんだ。

この言いわけをみとめるかどうかが、学級会の議題に取り上げられたの。

多数決を取ったら「犬がいたのはしょうがないから、ちこくに数えないことにする」って結果になって助かった。19票対18票の1票差でギリギリだったんだよ。

「ウソじゃないの？」ってうたがってる子もいたけど——それがホントになっちゃうなんて。また同じ言いわけなんかできないじゃん。

犬の横をなんとかとおりすぎて、引き続きゆっくりゆっくり歩いた。

ん？

なんか、ひざの後ろが生あたたかい？

いやぁぁぁぁ！
犬がピッタリついて来てて、鼻息がかかってる！
今度こそ全速力でかけ出しそうになったけど、ぐっとこらえた。
この犬、なんか人なつっこいみたい？
超めいわくなんだけど。
ていうか、こんなノロノロペースで歩いてたら、ちこく確定だよ。
しかも、今日の男子の日直はあたしの天敵のカワイなの。あいつ、あたしが5回目
「ちこくチェック」をする日直は、教室の前で待ってるはず。
を記録するのを楽しみにしてるんだよねぇ。
あたしはノロノロ歩きながら、ときどき後ろをチラ見する。
犬はまだついてきてる。
そろそろ走り出さないと間に合わないよ。
あ！　もしかして……これでこの犬を追っぱらえないかな。

チーズパンを1こ、カバンに入れてたんだ。

近所の「おひさまベーカリー」のチーズパンはあたしの大好物。家を出る前、テーブルに1こ残ってたのに気づいてパッと取ってきたの。もうちょっとでケン兄ちゃんに取られるところだったんだ。犬にやるのはもったいないけどさぁ。

これをポーンと、できるだけ遠くに投げて。犬がパンを食べてるあいだに、早足からの全速力でにげきる作戦！

問題は、犬がパンを追っかけて食べてくれるかどうか。おなかが空いてるといいんだけど。

まぁ、犬って何か投げると取りに走るもんだよね？

それか……こうなったら仮病を使っちゃう？

だけど「とちゅうでおなかがいたくなったので、ちこくしました」なんて言ってもだれもしんじないだろうなぁ。先週の例もあるし。

そうだ。1本向こうの道にあるヤギサワ医院に行って「具合が悪くなっちゃったから休ませてください」って言えばいいじゃん。

　でも、ヤギサワ先生には小さいころからよくお世話になってるし、仮病だって見ぬかれちゃうかも。えーと、おなかをおさえて苦しそうな顔をして……あたしの演技力で先生をだませるかな？

　ヒェッ！　また犬の鼻息がかかってる！

　まとわりつかないで！　もう限界～～～～～っ！

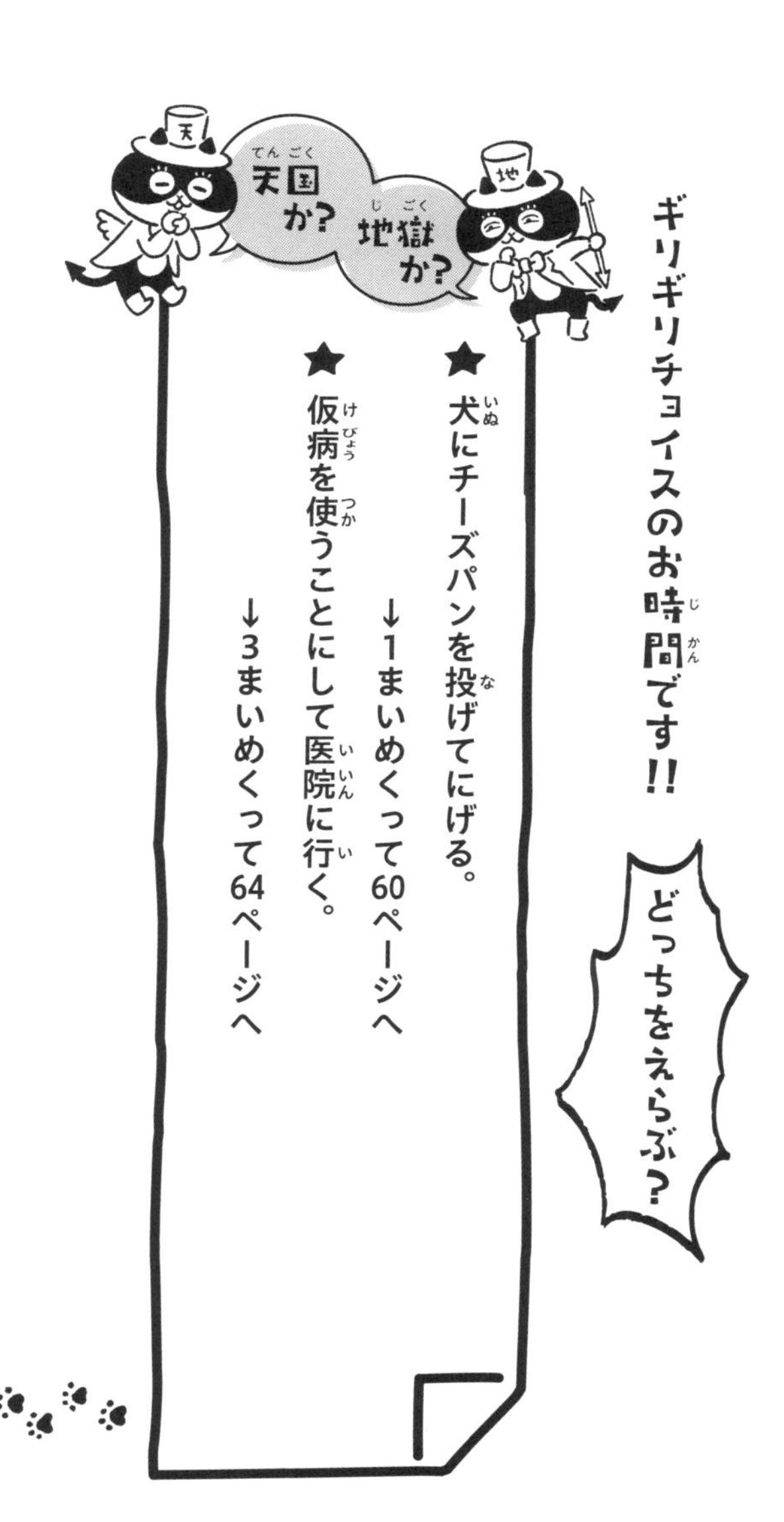

ギリギリチョイスのお時間です!!

どっちをえらぶ?

★犬にチーズパンを投げてにげる。
↓1まいめくって60ページへ

★仮病を使うことにして医院に行く。
↓3まいめくって64ページへ

地獄チョイス

犬が乱入した大パニックの教室で、校長先生がすってんころりんした話

「あたしがチーズパンを投げたせいでケガ人が出ちゃうなんて……。

こういうの、二次災害っていうのかな？

曲がり角のあたりで、チーズパンをぎゅっとにぎってできるだけ遠くに投げると、犬はそっちに向かってピョンピョン走っていった。ここまでは計算どおりだった。

あたしはサッと角を曲がって、全速力でかけ出した。足はけっこう速い方なんだ。リレーの選手になったこともあるんだからね。

しばらく走るとランドセルをしょった子たちの背中が見えてきた。

よかった、間に合いそうじゃん！

ランドセルの集団をひとつ追いぬいたから、ちょっと安心。校門も見えてきたし。

ひと息入れてもいいかなって、スピードをゆるめて後ろをふり向いたら。

ウソ！　犬がついてきてる！

犬は、あたしが追いぬいた子たちの横をかけぬけてきた。あくまでターゲットはあたしなわけ!?

あたしはさらに猛ダッシュした。

前にいる子たちをグングン追いぬいて校門を通過すると――犬は校庭まで入ってきちゃったんだ！

あたしは校庭のまんなかをつっきって昇降口にかけこんだ。もう後ろを見てるよゆうなんてない。うわばきを手に持って３階までかけ上がり、教室にすべりこむと同時にチャイム。ふう、間に合った～！

一件落着とおもったんだけどね。

すぐに始まった朝の会で、担任の先生がおそろしい話をしたんだ。

犬は校庭を走り回ったあと、あたしのあとを追って校舎に入ってきたんだ。で、（たぶん昇降口であたしを見失って）１階のろうかをかけ回った。１階は１年生の教室で、みんな大パニックに。そこへさわぎを聞きつけて校長先生がかけつけたんだけど、犬を追い出そうとして転んでケガしたっていうじゃない。

それってぜんぶ、あたしのせい……だよね!?

「通学路に犬がいても、むやみにかまったりしちゃダメですよ！」

あたしは朝の会のあと、校庭で一部始終を見てた先生に、こっぴどく注意されたんだ！

これならちこくした方がマシだっ

たかなぁ……。
終

新聞のトップ記事をかざって、全校生徒から拍手喝采だった話

「では、アイダカホさんにもう一度拍手をおくりましょう！」

拍手喝采を浴び、尊敬のまなざしで見つめられてくすぐったい気分。

学校をサボろうとしたのに、新聞にのってほめられることになった人なんてあたしのほかにいるかなぁ？


あたしは通学路をはずれて「ヤギサワ医院」の方に向かった。犬はまだついてくる。

ホント、しつこい犬だよ。

あたしはおなかをおさえて弱よわしい声で「あの、おなかがいたくなっちゃったんです」って言う演技の練習をなん度かやってみた。うん、この感じで行こう！

と、おもったとき。

道ばたにおばあさんがうずくまってたんだ。

「どうしたんですか？」

かけよって声をかけたけど、おばあさんは返事をしない。立ち上がれないみたいだ。

ヤバい、本物の病人だ！

「ちょっと待っててください！」

あたしは、ヤギサワ医院のドアを勢いよく開けた。

「来てください！　具合が悪そうなおばあさんがいるんです！」

ヤギサワ先生と看護師さんがおばあさんを医院につれていってねかせ、かいほうしたおかげでおばあさんは元気になった。

おばあさんは犬の散歩のとちゅうで急に目まいがして、立てなくなったんだって。

そう、あいつ、このおばあさんの飼い犬だったんだよ！

おばあさんは「本当にありがとうね」となん度もお礼を言ってくれた。

ヤギサワ先生も「今日は寒いから、あのまま外でたおれていたらもっと悪いことになっていたかもしれない。カホちゃん、お手がらだよ」とほめてくれた。

看護師さんが学校に電話して先生に話してくれたから、「ちこく」あつかいにはならないですんだ。

それどころか「小学生がすばらしい人助けをした！」ってことで、地域の新聞社の人が取材に来て新聞にのっちゃった。これが朝礼で紹介されて、全校生徒の前でほめられたわけ。

それから、あたしは一度もちこくしてないよ。みんなに「あの子、有名なんだよ」ってうわさされる有名人が、ちこくのバツを受けることになったらカッコ悪いもんね。

終

006 アイドルオーディション最終決戦！

★中2・ノリカの場合

さあ、ついに来るとこまで来た！

今日はオーディションの最終選考会。

大人気の7人組アイドル「ストーリー・ガールズ」のメンバーがひとり、グループを脱退することになって。大ファンだったあたしはガッカリしたけど、これは同時に大チャンス。ってわけで新メンバーを決定するオーディションに参戦したんだ。

ひかえ室でメイクを直しながら、かがみの中にうつるライバルたちをながめる。

地方大会を勝ちぬいてここにやって来たのは、あたしをふくめて10人。

課題曲、それからダンスが終わって。お昼をはさんで、最後の自由パフォーマンスで審査は終了。

この3つの総合得点でトップだった子が新メンバーにえらばれるんだ。

あたし、ちょっと自信あったんだ。

地方大会のときも、審査員の人に「キミはいけるかもね」なんて声かけてもらってたし。

その自信は、今日の選考会でもゆらがなかった。

同い年のキモトナルミの歌を聞くまでは、ね。

ナルミは実力がズバぬけてた。音程もリズム感もばっちり。ハイトーンのところもよゆうで歌ってる感じ。

ダンスもすごいキレがあった。客観的に見てえらばれるのはあたしかあの子、どっちかだとおもう。

あたしの読みはまちがってなかった。

さっき、お昼ごはんのあとに迷子になって、うっかりスタッフの人しか入れないトイレに入っちゃったの。で、スタッフの人たちのおしゃべりを聞いちゃったんだ。

「このまま行けば、ナルミちゃんに決まりそうだな」

「最後の自由パフォーマンスでノリカちゃんが相当の高得点を出せば、逆転の可能性もなくはない……ってとこかな」

全身の血がわき立つような気がしたよね。

最終演技で、何がなんでもナルミに勝たなくっちゃ！


くじ引きの結果、あたしは10人のうち、最後になった。

だけど――なんと、あたしの前はナルミ。

しかも、まずいことにナルミは「ストーリー・ガールズ」の『星空スウィングパーティー』を歌うんだって。

あたしもその曲を歌うつもりなのに！

同じ曲を、しかもあの子のあとに歌うって圧倒的に不利だよ。

あ～～～っ、でもでもでも。

ジタバタしてもしょうがない。あたしだって『星空スウィングパーティー』をがっつり練習してきたんだもん。ナルミとはちがう、あたしだけの魅力を発揮できるはず

だよね。

そうしんじて精いっぱい歌うしかなくない？

「ストーリー・ガールズ」の曲ならぜんぶおぼえてるから、別の曲にかえることもできるけど。今さらほかの曲にかえても、後悔することになりそう。

あ、ちょっと待って。

あたしには、ひとつだけとっておきの武器がある。

それは、小さいころからおばあちゃんにしこまれた民謡なの。

小学生のとき、子どもの民謡大会

でなん度も優勝してる。民謡を歌う子なんてほかにいないだろうし、インパクトあるかも。

「みなさん、審査会場に移動してください」

スタッフの人がよびに来た。さぁ、どうする⁉

ギリギリチョイスのお時間です!!

どっちをえらぶ？

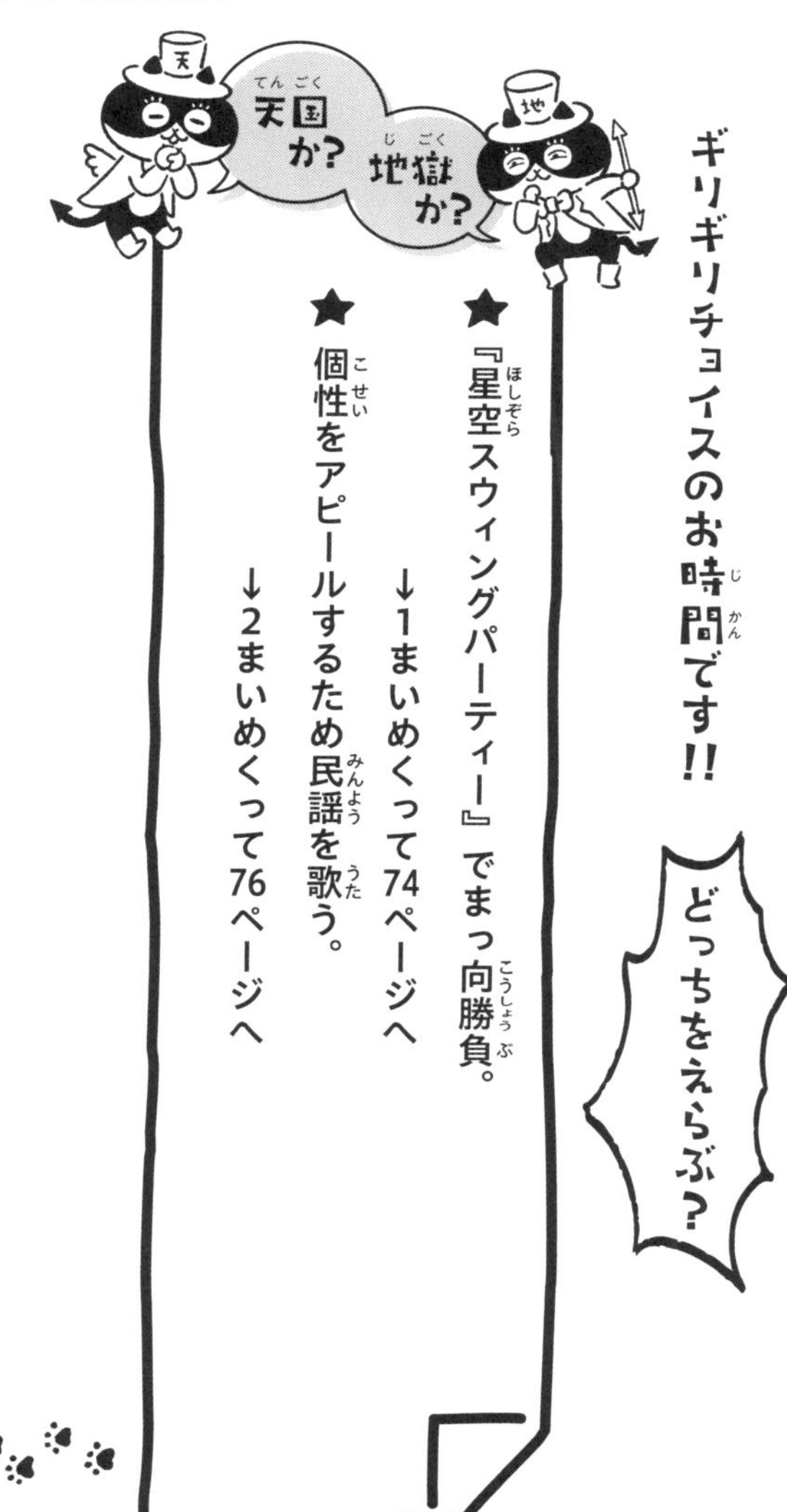

★『星空スウィングパーティー』でまっ向勝負。
↓1まいめくって74ページへ

★個性をアピールするため民謡を歌う。
↓2まいめくって76ページへ

今日はあたしの「プロ」としてのデビューライブ。

広いステージのまんなかに立つあたしのとなりにはナルミがいる。

ナルミの『星空スウィングパーティー』はカンペキだった。

あたしも……あたしなりの表現で勝負するんだって、せいいっぱい歌ったけど。

結果は、ナルミがトップだった。審査委員長のプロデューサーさんが「おめでとう」ってナルミに声をかけるのをまっすぐ見られなくて、くやしくてうつむいてた。

そしたら。かたをポンとたたかれて――顔を上げたら、プロデューサーさんが「おめでとう」って言ったんだ。え、なんで!?

「総合得点ではナルミちゃんが上だったけどね。ふたりそれぞれの『星空スウィングパーティー』を聞いて、ぼくはひらめいたんだ。このふたりを組ませたらおもしろくなるって」

　そんなわけで、あたしとナルミはふたり組のアイドルユニット「GIRIっ娘」でデビューした。あのときナルミと同じ曲を歌ったから、チャンスが生まれたんだよね！

地獄チョイス

タコの着ぐるみで、「ソーラン節」をおどるはめになった話

プロデューサーさんはあたしの才能を高く評価してくれた。でも、まさかそれがタコおどりの才能だったなんて!?

「ヤマダノリカ、北海道民謡『ソーラン節』を歌います！ ♪ヤーレン ソーラン ソーラン ソーラン ソーランソーラン……」

『ソーラン節』はあたしの地元、北海道の民謡。アドリブでふりつけしてジェスチャーを入れたり、体を大きく動かして表情豊かに熱唱した。

けっきょくナルミにはかなわず落選したんだけど――プロデューサーさんがかけよってきてこう言ったの。「いやぁ、キミはすばらしい！ あした、Wテレビに来てくれ。『歌って天国』のレギュラーとして1年間出演してほしい」って。

いきなり歌番組のレギュラー出演が決まっちゃってまいあがったんだけど。

大喜びでテレビ局に行くと、でっかいタコの着ぐるみをわたされた。

なんとあたしの仕事は、番組のマスコットキャラ、タコの「オクトパ助」の着ぐるみだったの。「ソーラン節」のメチャクチャおどりがイメージにぴったりだったんだって。

番組のエンドロールには「オクトパ助……ウチダノリカ」ってクレジットされてる。こんな形で芸能界デビューするなんて。イヤーッ!

この仕事が終わったら、ぜったいにアイドルになってやる~~~っ!

007

お金がない！

★19歳・サワノの場合

大学に入学して、アパートでひとりぐらしを始めてそろそろ1年になるけど、お金のやりくりってむずかしい。

正月に帰省したとき、お年玉もらったせいもあってさ。ヨユーぶっこいてうっかりムダづかいしすぎたみたいだ。親にもらってる仕送りまで使いこんじゃって、月末に大家さんにふりこむ家賃が足りなくなったんだ。

母さんになきついたら「またなの？　ちゃんと家賃と生活費をわたしてるのに、だらしなさすぎ。アルバイトでもしなさい！」って、電話切られちゃった。

オレはマジメに計算してみた。正確にはいくら足りないのか。

外食はやめて、お昼ごはんも弁当をつくって節約するとして。

最低2万円かせげばなんとかなりそうだ。

なんだ、たいした金額じゃないじゃんっておもった？

いやいや。バイトするには時間がひつようだ。

大学は春休みが長い。うちの大学も2月のまんなかあたりから休みに入ったんだけど。

オレの所属する卓球部では、ここぞとばかりに強化練習のスケジュールを組んでて、ほとんど毎日練習がある。部内の試合の成績で来月の県下大会のレギュラーが決まるから休むわけにはいかない！

はぁ。お金と同じく、時間も計画的に使わなきゃダメなんだ。

ともかく今すぐバイトを決めないと！

「すぐできるバイトありませんかね？」って卓球部の先輩に相談したら、さっそくヤナギ先輩がふたつのバイトを紹介してくれた。

ひとつは、うなぎ屋さんの店員だって。

板前さんがつくった料理をお客さんのテーブルに運んだり注文取ったり。あとは食器あらいとそうじ。

そのうなぎ屋さんはヤナギ先輩の友達の親がやってる店で、前の学生バイトがやめちゃったからすぐに来られる人をさがしてるそうだ。

時給は1400円。悪くない。15時間働けば2万円をこえる。1日5時間なら3日ってわけだ。

従業員にはすっごいベテランのおばさんがふたりいるんだって。同年代のバイトがいない環境ってのはちょっと不安。うまくやれるかな？

って言ったら……先輩いわく、そのおばさんたちはすごくめんどう見がよく、そろって働き者なんだそうだ。若い子にイジワルするなんてことはぜったいないって。

それなら安心だな。

もうひとつはポケットティッシュ配りだって。駅前とかでよく見かける、お店とかの宣伝が入ったティッシュを配る仕事だ。

歩合制で、1こ5円なんだって。先輩によれば、平均で1時間に200こくらいは配れ

るらしい。ティッシュって、もらいたがる人多いしね。

すごいなとおもったけど……ってことは、時給に換算すると1000円。単純計算で20時間は使わなきゃダメか。1日5時間なら4日もひつようになる。それに今はまだ寒いし。風の強い日なんか最悪だよ。

でも、ひとりで気楽にやれそうなのはいいよな。ティッシュなら配りきれなかったらコッソリ持って帰って使えばいいんじゃね？

っておもってたら、先輩はオレの心を見すかしたように言った。

「ティッシュを持ち帰ったりすてたりするのは、ぜったいダメだからな。ティッシュ配りのバイトがズルをしてないか監視するバイトもいるんだ」

その監視役をさらに監視するバイトもいるらしい。

ひえぇ。仕事ってのはたいへんだなぁ。

「こまってるんだろ？　今決めるならすぐに連絡してやるよ」

先輩はスマホを手に、言ったんだ。

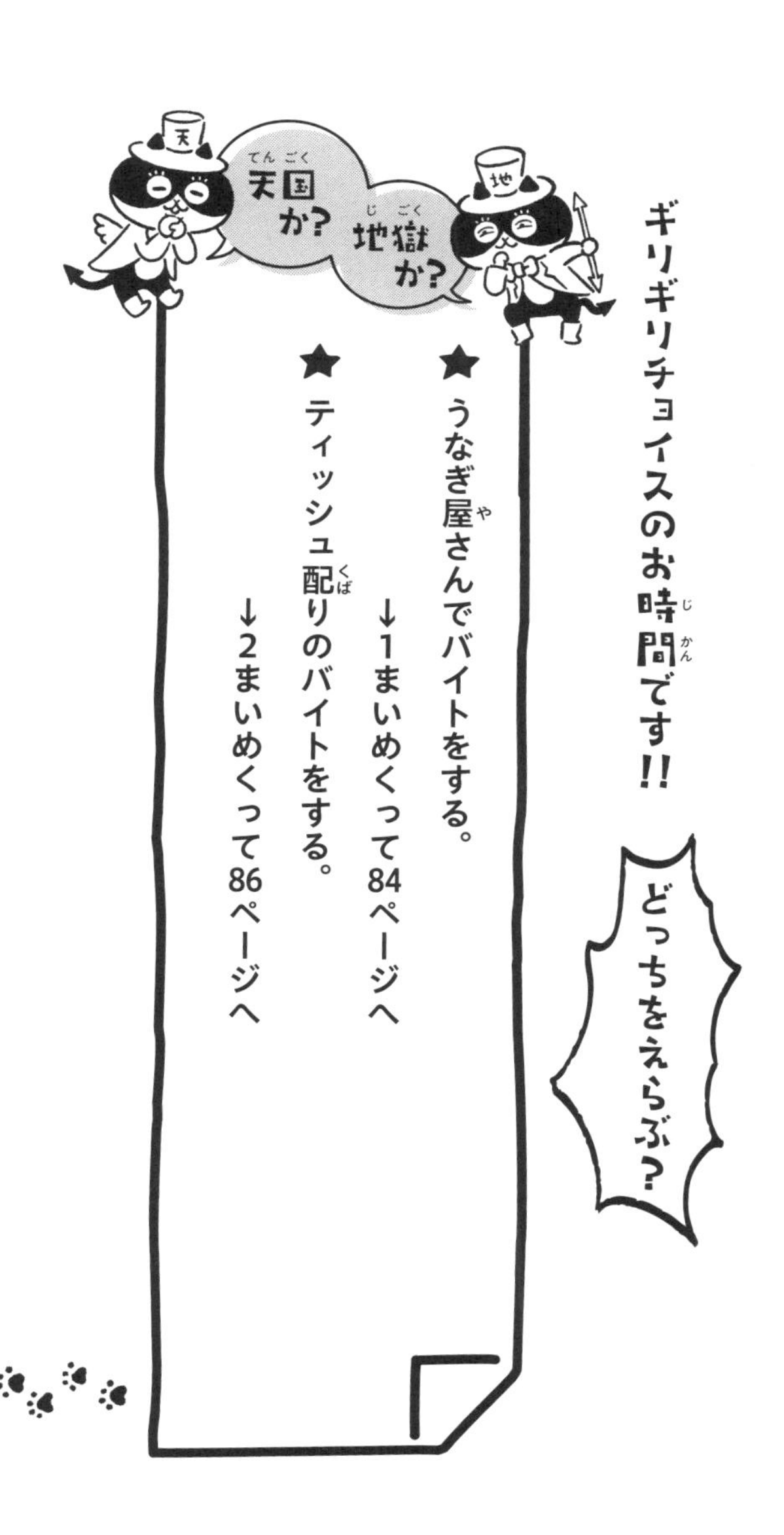

ギリギリチョイスのお時間(じかん)です!!

どっちをえらぶ？

★うなぎ屋(や)さんでバイトをする。
↓1まいめくって84ページへ

★ティッシュ配(くば)りのバイトをする。
↓2まいめくって86ページへ

地獄チョイス

バイトの店長からクビ宣告!! 商店街でオレの評判がダダ下がりになった話

オレは超マジメにやった。なのに、2日目にクビになったんだ!

ベテランのおばさんたちはオレにすごくよくしてくれた。細くて背の高いコウダさんと、小がらなチバさんは代わるがわるオレに仕事を教えてくれた。まるでオレを取り合うみたいに。

じつは――ふたりはめっちゃ仲が悪かったんだ。コウダさんとふたりになると彼女はチバさんの悪口を言い出す。「チバさんってそうじが雑なのよ。そういうのって店の質を落とすとおもわない?」って言われたら「はい」って返事するしかないよね。

チバさんもまったく同じ。

人の悪口を聞かされ続けるのって地獄だよ。前のバイトのヤツもこれにたえきれずにやめたんじゃないかな。

2日目にウンザリしてあいづちを打つのをやめたら、ふたりに「態度が悪い」「返事もしない」って店長につげ口されてクビってわけ。さらに、おばさんたちは商店街のお店の人たちにオレの悪口を言いふらしたようで、どこもオレをやとってくれない！

けっきょく、親にひらあやまりしてお金を貸してもらったけど。「これからは親子といえども利子を取るからね」って宣言されちゃったよ、ひえ〜！

終

超スピードでティッシュを配りきり、楽勝でバイト代をかせぐことができた話

オレは平均以上の超スピードでティッシュを配りきることができた。なぜかって？

自然が味方してくれたからさ。

最初はかなり苦労した。だれでもティッシュなら喜んで受け取るかとおもえばそうでもない。ちょっとあせったよ。歩合制だとどんなにマジメにやっても、もらってくれる人がいなければ０円だもんな。自分がかわいそうな「マッチ売りの少女」みたいな気分になってくる。

しかも、風が強くなり始めた。これはキツいなぁと情けない気持ちになりかかったところ。

「あの、ティッシュもらえますか？」

後ろから声をかけられたんだ。マスクをした男の人はそう言いながら大きなクシャミをした。彼の目がまっ赤なのに気づいてピンと来た。そうか、今は花粉症シーズン。この強風で花粉がとびまくってるんだ！　いいぞいいぞ、風よふきまくれ〜！

　花粉症の患者がいそうな病院や薬局の近くに移動したら、ポケットティッシュはどんどんなくなった。

　次のバイトの日は「花粉飛散情報」をチェックして決めたんだ。この作戦は大当たり。オレはたった12時間で目標額を手に入れることができたのさ！

終

008 最後のリレー

★小6・カズキの場合

「ただいまの5、6年生の騎馬戦の結果をお伝えします。赤組の得点は35点。そして白組の得点は55点。さて、合計得点は……」

ここで放送委員がじらすように間をとったから、校庭はシーンとしずまりかえった。

「赤組800点、白組800点。まったくの同点になりました！」

くそっ！　ドタンバで白組に追いつかれた〜っ！

白組のヤツらはおたけびをあげてとび上がったり、メガホンをたたいたりして大喜びだ。

「次は、4年生全員による『よさこいダンス』です」

アナウンスとともに、カラフルな衣装をつけた4年生たちがグラウンドのまんなかにかけ出していった。

全員参加のダンスはどっちの組にも20点ずつ入るから、勝負には関係ない。

つまり、このあとの――運動会最後のプログラム、6年生の男女混合選抜リレーで勝負が決まるってわけだ。

6年1組（赤組）からAチームとBチーム、6年2組（白組）からCチームとDチームの4つのチームが出るんだけど。事実上、AチームとCチームの一騎打ちになると予想されてる。

いや～燃える展開だぜ！

小学校最後の運動会だし、どうしても勝ちたい。

なんてメラメラしてたら、Aチームのアンカーのユカワがこっちにかけてきた。

「おう、ユカワ。がんばれよ！　最後のリレー、赤組の応援団長として声がかれるまで声援を送り続けるぜ！」

ところが、ユカワはビックリするようなことを言ったんだ。

「そのリレーなんだけどさ。カズキ、おまえ走ってくれないか？」

リレーは1チーム男女ふたりずつ、計4人で走る。

うちのクラスで一番足が速いユカワはAチームのアンカーだ。Aチームは「ヨウタ→ムラカミさん→クドウさん→ユカワ」の順番で走ることになってた。それが第1走者のヨウタがさっき急に腹痛を起こしたんだって。

「でも、補欠のノリがいるだろう？」

「ノリはつな引きのときに転んで足をひねっちゃったんだよ。カズキ、出てくれよ！ノリの次に速いのはおまえなんだから」

「うーん。優勝がかかってるし責任重大だなぁ」

「たのむ！　おまえしか考えられないんだ！」

ユカワは手を合わせて頭を下げた。

ま、オレはスポーツ万能でとおってる。走るだけじゃなくて体育の全種目の総合成績なら、オレが学年1位かも？

「そこまで言われちゃ引き受けるしかないな。やるよ！」

「よかった！」

ユカワの顔がパッと明るくなる。

「カズキ、じゃあさ……第1走者とアンカー、どっちがいい？」

「え？　2番目か3番目じゃダメなのか？」

「リレーはバトンパスが重要なんだよ。2番目と3番目はバトンを受けるのとわたすのと両方やるだろ？　1番かアンカーならどっちかだけでいい」

そっか。いかにスピードを落とさないでバトンパスできるかがリレーのカギだもんな。バトンパスの練習をしてないオレとしちゃ、そこは不安だ。

あ、そろそろならびに行かないと！

しかし第1走者はきんちょうするよな。最初がかんじんだしな。

あ、でも、オレがダメでも2番手以降ががんばって、ばん回してくれるかもしれないしな。責任は軽い？　せいいっぱいやるけど、あとはよろしくってことで！

アンカーの場合、自分にバトンがわたる前に、ほぼ勝負がついてることもある。ぶっちぎりでリードしてたり、逆にめちゃくちゃ引きはなさ

れてたり。うーん……でも、やっぱアンカーは責任が重いよな。
うぉ、もう「よさこいダンス」が終わりそうだ。早く決めねーと！

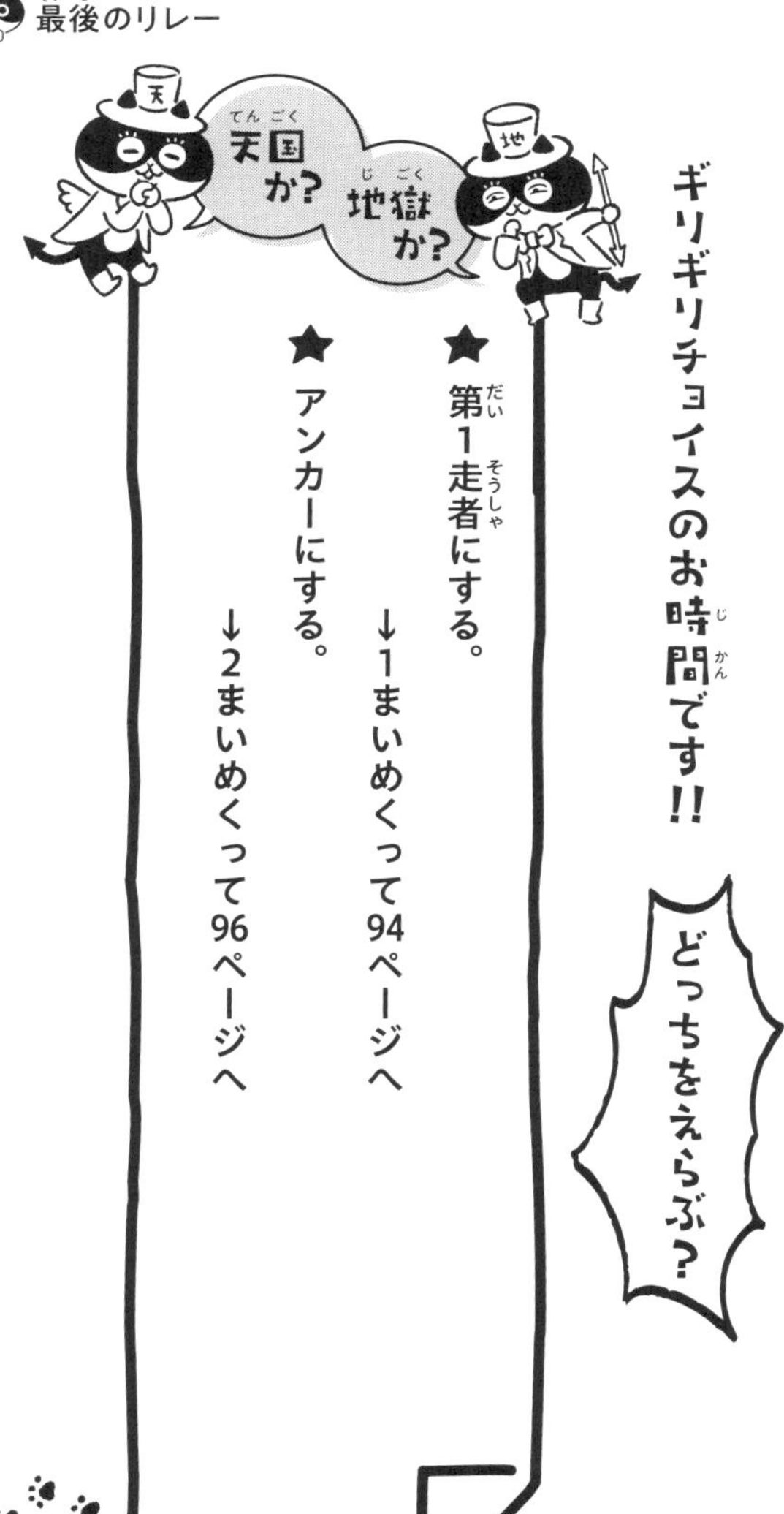

オレのナミダでクラスが団結!? 一生モノの仲間ができた話

ああ～負けた！　オレのせいで負けたなんてくやしすぎる。でも、終わりよければすべてよし？

バン！　スタートのピストルの音が鳴り、夢中でかけ出した。オレは半分をすぎたあたりでせりあいからぬけだした。さすがはオレ！　これってヒーローになっちゃうパターン？　なんておもってちょっと油断したのかな。

２番手のムラカミさんにバトンをわたそうとしたしゅんかん、オレはハデにすっ転んでバトンを落としたんだ。急いで拾ってわたしたけど、そこでだいぶ引きはなされちゃった。

ムラカミさんもクドウさんもユカワもすげーがんばったけど。アンカーのユカワは鼻の差で１位のＣチームに負けたんだ。

「ごめん、オレのせいだ。オレが転ばなかったら優勝してたのに……」

　こう言ったしゅんかん、ついナミダがこぼれた。みんなが集まってきて——てっきり責められるとおもったのにさ。みんな、「よく走った」って言って、拍手してくれたんだ。負けたのにクラス全体がいい感じになってさ。「おつかれさま会」をやって盛りあがった！

　この日からクラスがすごい団結して仲よくなって、一生モノの仲間になったんだ。

終

地獄チョイス

フルーツタルトをおしりでぺちゃんこにして、子どもがギャンなきした話

アンカーのオレは劇的な逆転勝利でゴールを切った！　赤組優勝の立役者として注目を浴びるはずだったのに……？

予想どおり、わがAチームと白組のCチームのはげしいデッドヒートになった。２位でバトンを受けたオレは、Cチームのアンカーの背中をにらんで激走した。悲鳴のような声援に包まれてゴールテープを切ったのはオレ！　やった、勝った、優勝だ！

オレはゴールをかけぬけた勢いで地面を強くけった。空中で１回転、華麗にとんぼ返りをキメてみせるはずが、着地のしゅんかんズルッとすべってしりもちをつき……。

「うわぁ～～～～～～～ん！」

ちっちゃい子のなき声がひびきわたった。観客席のブルーシートに着地したオレの

おしりの下でつぶれてるのは、イチゴやブルーベリーがたっぷりのったホールのフルーツタルト（だったらしい）。

「ご、ごめんっ！」

あやまりまくったけど、ちっちゃい子はなきやんでくれないし、その子のお母さんも「気にしないで」と言いつつ顔はこわばってるし。みんなには「カッコつけてよけいなことするからだよ」って言われるし。

今日のことをみんなが早くわすれてくれますようにといのるしかなかったんだ！

終

009

見知らぬ土地の一夜

★20歳・シュウジの場合

「お客さん、終点ですよ」

ポンポンとかたをたたかれて、オレはうすく目を開けた。

いっしゅんどこにいるのかわからなかった。ああ、電車に乗ってたんだっけ。

ずいぶんよくねたみたいだ。なにしろ今日はハードな一日だった。

朝6時からファストフード店のバイトやって、午後から大学の授業に出ただろ？

夕方からは合唱サークルの練習で、そのまま合唱コンクールで銀賞を取った祝賀会で

大さわぎしたからなぁ。

めっちゃおもしろかったんだけど、朝早かったからとちゅうで猛烈にねむくなって。

みんなは「これから朝までカラオケだ！」って盛りあがってたけど、さそいを断っ

てひとりで電車に乗ったんだ。

で。

ここはどこなんだ～～～～～～!?

この駅の名前、はじめて見た。そもそもあんまり使わない路線だし。ホームにおりてみたけど、駅のあちこちの電気が消えていく。

時計を見上げると12時をすぎてる。これが最終電車だったらしく、折り返しの電車もないみたい!?

しょうがない、ネットカフェでもさがしてねるか。

……というオレの考えはめちゃくちゃあまかった。

そういや高校時代に修学旅行で山にのぼったとき、友達に「シュウジってかなり都会っ子だよな」ってわらわれたことがあった。

オレが山道を歩きながら「アイス食べたくなったな。そろそろコンビニがあるといいんだけどな」って言ったからだ。

確かにオレは「都会っ子」なのかもしれない。遠足とか修学旅行以外で山とか行ったことないし。外でバーベキューなんかするより、フツーに焼肉屋さんに行きたいとおもう方だし。友達にキャンプがすきなヤツがいるけど、何が楽しくてわざわざ大荷物をしょって出かけてテントでねたりするのかまったく理解できない。

よく知らないところに出かけていくのもすきじゃないし。

だから、オレは「駅」のそばには必ずコンビニやファストフード店や

ネットカフェがあるとしんじてうたがわなかったんだ。

ところが、この駅ときたら。

駅の改札を一歩出たら、何もない。オレはあたりをウロウロ歩き回ったが、やっぱり店らしきものは見当たらない。家さえもない。

案内地図があったんで近よってみると——このあたりは、人がハイキングに来るような土地だとわかった。

そういえば、さっき電車からおりたのもオレひとりだったみたいだし。

駅員さんにたのみこんで、駅でねかせてもらえないかなとおもったんだけど。

へんにウロウロしてたのがまずかった。もどってみると駅舎にはもうシャッターが下りてしまってたんだ。

シャッターをガンガンたたいてみたけど、シーンとしずまりかえってだれも出てこない。

はぁ、こまった。なんとかねとまりできるところをさがさなくっちゃ。

野宿なんかぜったいイヤだからな！

まだ10月のはじめとはいえ、ひんやりするし。得体の知れない虫にさされるかもしれないし！

落ち着いて考えよう。

ハイキングコースがあるってことはだ。駅の近くじゃなくて、むしろもうちょっとおくの方まで行ったら宿泊施設があるかもしれない。

それにしても街灯すらないんだからイヤになっちゃうな。

スマホのライトだけがたよりだから、すげー心細い。

そろそろ家の一軒くらいあってもいいんじゃない？　もちろんフツーの家にとめてもらおうなんておもってないけど。宿泊施設がないなら、せめて人の家の軒先にいさせてほしい。何もないとこで夜が明けるのを待つなんて……まさかクマとか出やしないだろうな？

バサバサッ！

頭の上で音がしたから、オレは「ひいっ！」と声を上げた。

フクロウ？　大きな羽を広げた何かが木からとび立ったみたいだ。

もうイヤだ！　これなら駅にもどった方がマシかも？

そうおもったとき、遠くにあかりが見えた。まちがいない。まどからもれる、あたたかな光の色がずいぶんなつかしくおもえた。

人がいる！

平屋の小さな建物で、山小屋みたいだ。

はずかしがってなんかいられない。あの山小屋に助けを求めよう。

足を早めると――さらにその手前に、小さい掘ったて小屋があるのに気づいた。

こっちはまどもない。トタンとうすい板きれをてきとうにくっつけたような小屋だ。人の気配はない。そっとドアノブを回して引くと、ドアは半分くらいでつっかかってしまった。なんだかぶっこわれそうだなぁ。

スマホのライトをかざしてみると、中はガラクタだらけ。物置小屋みたいだ。

オレは掘ったて小屋のドアをそのままにして、山小屋の方に向かった。

すりガラスのまどの向こうには、数人の人かげがある。内容はわからないが、話し声も聞こえてくる。

勇気を出して、助けを求めるべきかな。

オレは山小屋のドアをノックしようとして、ためらった。この人たちがアウトドアずきのいい人たちって保証はない。もし、悪いヤツらだったら？　犯罪グループとかのかくれ場所だったら？

うーん――あの掘ったて小屋で夜を明かすか？　ひとりならだれにも気をつかわないでいい。ゴミゴミしてるけど、ねるスペースくらいはある。少なくとも野宿よりは断然マシだ。

あっ、スマホのライトが消えた。充電切れだ。まっ暗で心細いよ〜〜〜〜〜！
こうなる前に、この近くの情報を調べときゃよかったなぁ……。

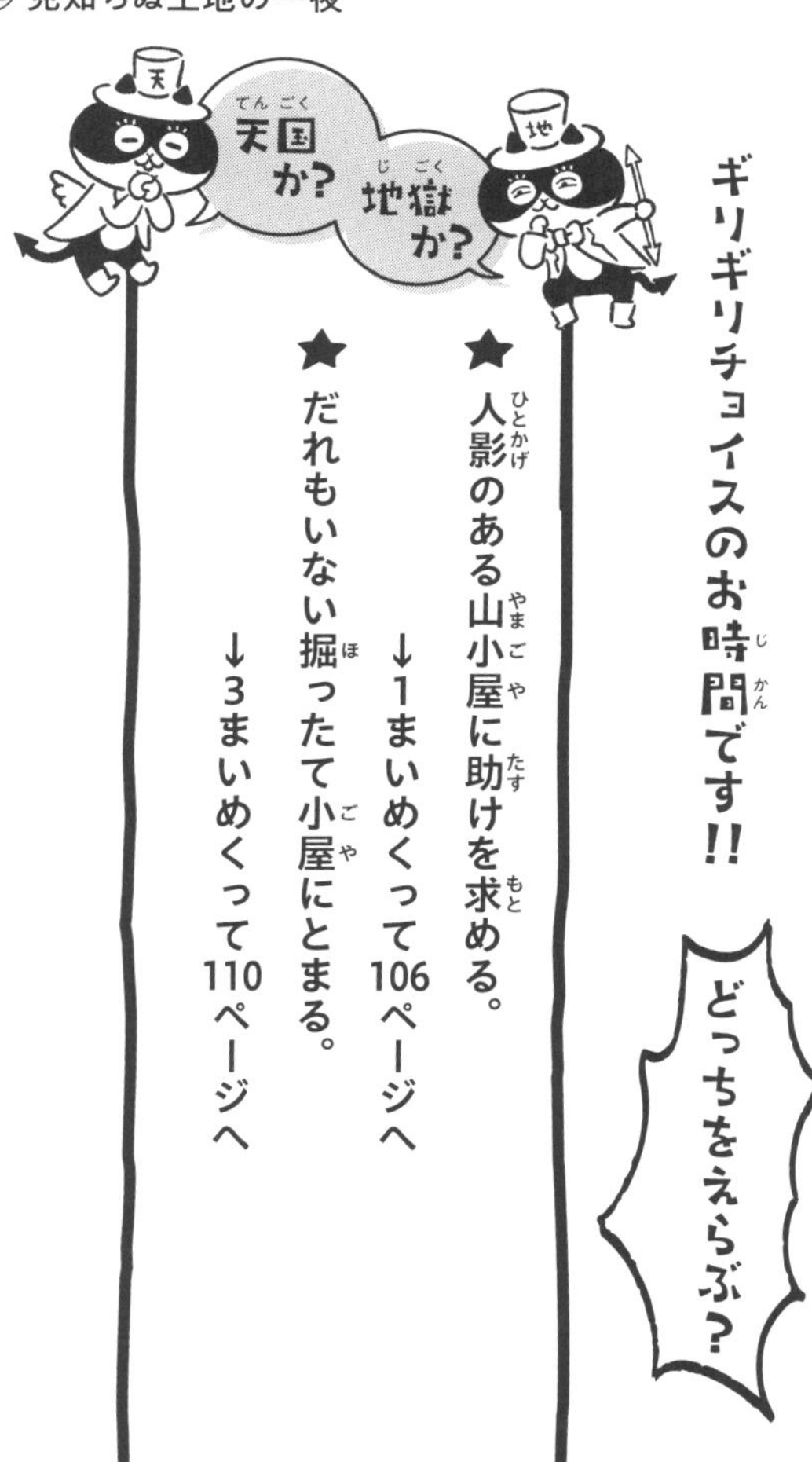

地獄チョイス

買ったばかりのパーカーがたいへんなことになって、神社で処分してもらった話

やっぱりひとりは心細い。

「どうかここにいる人たちが悪人じゃなく、いい人でありますように」と、いのりながらオレはドアをノックした。

だけど、今ならこういのるだろうね。

「どうかここにいる人たちが本物の人でありますように」って。

山小屋の中には5人のおじさんたちがいた。40代くらいかな。お酒を飲んでいて楽しそうだ。

「寝過ごしちゃったのか。それは不運だったね」

リーダー格っぽい人が自己紹介をしてくれて、みんなやさしく接してくれた。

5人は学生時代からのハイキング仲間で、あしたは登山の予定だという。

「お休みを取ってるんですか？」

って言ったら「オレたち仕事なんかしてないからね」だって。うちの親と同じくらいに見えるのに、全員働いてないの？　じょうだんなのかな？

「あしたの朝、早いんですよね？　まだねなくていいんですか？」

こう言うとみんな急にマジメな顔になってさ。

「オレたちは夜が大すきなんだよ」

だれかがそう言ったしゅんかん——急にバチッて音がして電気が消えてまっ暗になったんだ。

「うわーーーーーーっ！」

ヤバいヤバいヤバいヤバいヤバい、何かわかんないけどこれはきっとヤバいヤバいヤバい！

なん本もの手がオレのかたをつかんでくるのをふりきって外にとびだした。運よくさっきまでかくれてた月が出てる。

駅まで全力疾走し、また駅のシャッターをおもいっきりたたくと今度は駅員さんが出てきてくれた。駅の中の休憩室でねてたっていう。

さっきも、かなり力いっぱいシャッターをたたいたんだけどな。駅員さんは「そんな音、聞こえなかった」って。

山小屋の場所をくわしく説明したけど、「そんな山小屋、ありませんよ。ねぼけて夢でも見たんじゃないですか？」だって。

まぁ、オレとしてもそうおもいたいところだったんだけど。

始発電車に乗って家に帰ってフィールドパーカーをぬいだとき、オレは息が止まるかとおもったね。かたのところに、まっ黒な手のあとがいくつもついてたんだ！

このパーカーはおはらいをやってる神社に持っていって処分してもらった。あ～あ、買ったばっかだったのになぁ。

あの山小屋はなんだったのか調べたい気もするけど……いや、何も知りたくないっ！

終

江戸時代の殿様のお宝を見つけて、けっこう有名人になっちゃった話

掘ったて小屋はめちゃくちゃ手づくりっぽくてさ。地震が起きたときは身の危険を感じたよ。

だけど、そのおかげですごいお宝を発見することになったんだ！

オレは、建てつけの悪いドアをどうにか自分の体がとおるくらい開けることにせいこうした。

パチン。

スイッチをおすと、低い天井からぶら下がってるはだか電球がついた。

ああ、明るいってすばらしいな。これだけで元気になる！

小屋の中にはほうきとかバケツとか、そのほかよくわからないモノがゴチャゴチャしてて、ぜんぶが砂とホコリまみれ。ずいぶん長いこと、人が来てないのはまちがいない。

まぁ、その方が落ち着けるってもんだ。虫とかはいなさそうだし、ねられないこともない。

で、オレはドアをしめると、床に丸まった。フィールドパーカーをぬいで上にかけると体も温まって、いつのまにかねむりに落ちていたんだが。


グラグラッ！

はげしいゆれを感じてとび起きた。

かべに立てかけてあるほうきとかがたおれてきて――っていうか、この小屋つぶれるんじゃね!?

迷ってるヒマはない。オレは夢中でドアに体当たりした。

勢いよく外に転がりだすと、地面はまだ波打つようにゆれている。

そして……掘ったて小屋はペシャンとつぶれてしまったんだ。

あぶなかった。中にいたら大ケガをしてたかもしれない。

空が明るくなり始めてるから、もう駅に向かおう。

あ、パーカーを小屋の中においてきちゃった。そうおもって、またゆれが来ないか気をつけながら、ほうきの柄を使ってつぶれた小屋のガレキを引っかき回してたら。

コツン。柄の先が何かにぶつかった。それを掘り出してみておどろいたのなんの。なんと、昔の小判が入ったツボだったんだ！

そのままおいておくわけにはいかないので、オレはツボをパーカーに包んで持ち帰った。警察にとどけた

結果、江戸時代の殿様のお宝だとわかってさ。

この大発見はニュースで大だい的に紹介されて、オレはちょっとした有名人になったんだ。

終

010 ぜったいにヒミツなんだけど

★小5・リンカの場合

シオは約束の時間から30分もちこくして公園にあらわれた。じらそうとしておくれて来たんだとおもうけど……あたしたちは文句を言ったりしない。シオのきげんをそこねたくないから。

「ジャーン！」

シオはトートバッグからサイン色紙を3まい出した。

「はい、これはリンカ。これはサチ、これがトワね」

すごい。ミッチの本物のサインだ！　ミッチは大人気のシンガー。「リンカちゃんへ」って名前入れてくれてる。あたしたちは色紙をだきしめて、なん度も「ありがとう！」って言う。サインをもらってくれたシオのパパは、カメラマンなんだ。

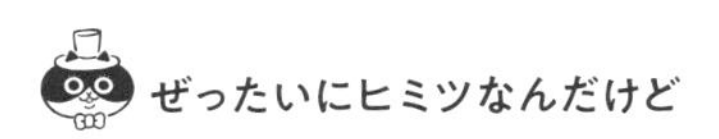

仲がいい芸能人がいっぱいいて、家にも遊びに来たりするらしい。

だから、シオは芸能人の情報にくわしくていろんなことを教えてくれる。

まぁ、ちょっとじまんがうっとうしいこともあるよ。

俳優の人がシオの誕生日に豪華なケーキをとどけてくれたとかさ、おわらい芸人の人といっしょにバーベキューしたとかさ、耳にタコができるくらい聞かされてるもん。

ときどき「ウソっぽくない？」っておもうこともある。

まぁ、サインもらえたのはホントうれしいからさ。シオのことうたがったり、うっとうしいとか言っちゃダメだよね。

シオは上きげんで日曜日にミッチが家に遊びに来たときの話をしはじめた。

ひとしきり盛りあがって。

流れで、「芸能人でだれに会ってみたいか」って話になったんだ。

そこで、シオはあたしのかたをつついて言った。

「そういえばこないだ知ったんだけど、リンカのお兄ちゃんってK学園高校にかよってるんでしょ？」

サチとトワはかん声を上げる。

「そうだったの？　早く教えてよ」

「ブロークンボーイズや夢宮カノンってK学園だよね。リンカのお兄ちゃんと同じ高3じゃない？」

そう言われるとおもったから教えたくなかったんだよね。

K学園高校の芸能コースにはけっこう有名人がいる。

「でも、うちのお兄ちゃんは芸能コースじゃなくて普通科だもん」

なのに、シオはたたみかけてきた。

「とか言ってさ、ホントはリンカのお兄ちゃん、芸能人の友達いるん

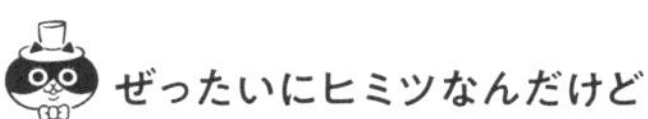

じゃないの？　もったいぶらないで教えてよ」

シオの口ぶりはちょっとイジワルにおもえた。お兄ちゃんに芸能人の友達なんていないのわかってて言ってるんじゃないの？

自分（のパパ）はすごいっておもわせるためにさ。

ムカついたあたしはつい、こう口走っていたんだ。

「うん。これはヒミツなんだけどさ……」

みんなはぐっと身を乗り出してきた。期待に満ちた目で見られてゾクゾクッとした。

シオはおどろいた顔だ。

だけど……こまった。なんて言おう？「ヒミツ」って言っちゃった以上、それなりにスゴいこと言わないとカッコつかないよ。

えーと、たとえば。

「お兄ちゃん、夢宮カノンとつきあってるんだ」ってのはどうかな？

夢宮カノンはモデル出身のアイドル。これはインパクト強いよね。

あ、でもシオってブロークンボーイズ、すきだしなぁ。ブロークンボーイズはふたり組のシンガーだ。

「ブロークンボーイズとよくいっしょに遊んでる」ってのもいいかも。シオのパパがつきあう芸能人はもっと年が上の人たちだから、パパ経由でウソがバレる心配はないとおもうんだ。

3人は興味しんしんであたしが口を開くのを待ってる！

さあ、なんて言おう？

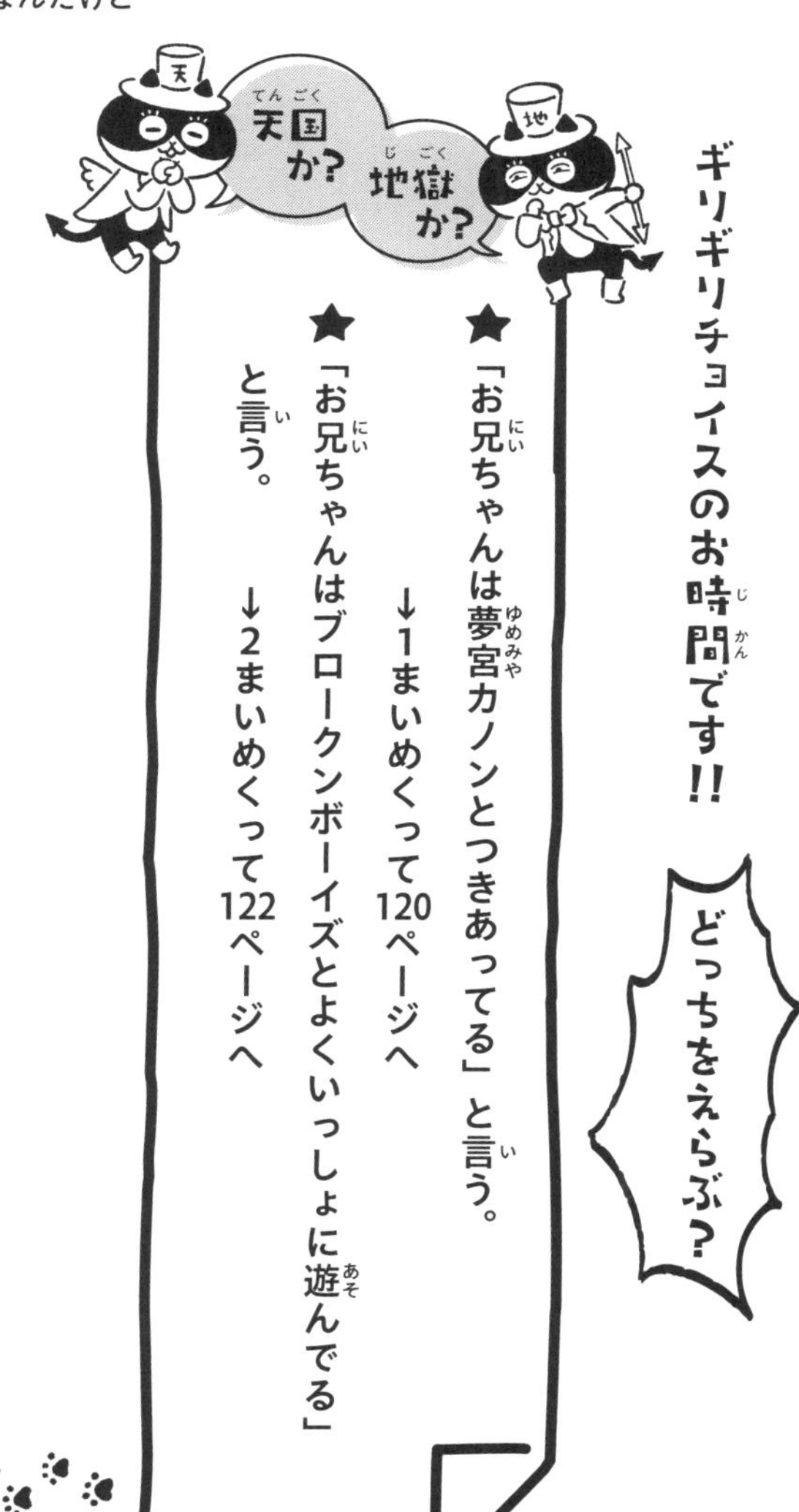

ギリギリチョイスのお時間です!!

どっちをえらぶ？

★「お兄ちゃんは夢宮カノンとつきあってる」と言う。

↓1まいめくって120ページへ

★「お兄ちゃんはブロークンボーイズとよくいっしょに遊んでる」と言う。

↓2まいめくって122ページへ

見栄をはっただけなのに、ウソがじつはホントだったなんて！

お兄ちゃんが夢宮カノンとつきあってるなんて、しんじられる？

「ぜったいにだれにも言っちゃダメだよ。もしマスコミにバレたら大さわぎになっちゃうんだから」

声をひそめて言うと、シオとサチとトワは「わかった」と目を丸くしてうなずいた。

ちょうどそのとき。お兄ちゃんがニット帽をまぶかにかぶった女の子と手をつないで公園に入ってくるのが見えた。お兄ちゃんってカノジョいたの？　ていうかヤバい。

ウソがバレちゃうとおもったとき、女の子が暑そうにニット帽をぬいで髪をかきあげたのを見て、目がとびだしそうになった。あれ、夢宮カノンじゃん……！

ふたりが出ていったあと、みんなは「ホントだったんだ！」って大興奮だった。

家に帰って聞いたら、お兄ちゃんと夢宮カノンはだいぶ前からつきあってるんだって！

　あたしにバレたのがきっかけで、お兄ちゃんはカノンさんを家によぶようになったの。大スターがフツーにうちに遊びに来るなんてヤバいっしょ!?

　カノンさんはあたしのこと、妹みたいにかわいがってくれるんだ。みんなにじまんしないでいるのはなかなかむずかしいね。なぁんて！

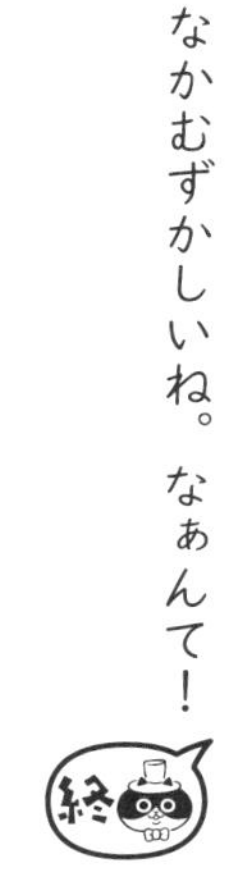

地獄チョイス

ブロークンボーイズがやらかして、警察が家に事情聴取に来た話

あ～あ、やっぱりウソなんてつくとロクなことがない。お兄ちゃんにめいわくかかっちゃうし、ウソはバレるし、たいへんなことになっちゃったよ。

あのあと、家に帰ったらさ。「ブロークンボーイズのふたりが自転車おき場の自転車をこわしていた」ってニュースで報道されてたの。監視カメラにふたりのすがたがうつってたんだけど、あとひとり仲間がいたんだって。

このニュースを知ったシオとサチとトワは、その仲間ってのはあたしのお兄ちゃんじゃないかとおもったらしい。「ブロークンボーイズのふたりとよく遊んでるっていう人を知ってる」って、ついもらしたみたいで……このうわさがパーッと広まって、うわさを知った大人が警察に相談して。

うちに警察の人が来て、たいへんなさわぎになった。

けっきょく、あとひとりの仲間はすぐにわかって、お兄ちゃんのうたがいは晴れたんだけど。パパ、ママ、お兄ちゃんにめちゃくちゃおこられたし、シオたちとも気まずいふんいきになっちゃって最悪〜〜〜っ！

もう、しょーもないウソはぜったいにつかないっ！

終

011

高校デビュー ～オレ伝説開幕～

★16歳・ツバサの場合

さあ、いよいよ華麗なるツバサ伝説のスタートだ！

中学を卒業して――これから始まるバラ色の高校生活、その先を想像してニヤニヤが止まらない。

オレの人生の未来予想図はこうだ。

進学先のK学園高校のバレーボール部に入部、1年でレギュラーになる。もちろんエースアタッカーとして。もちろん全国大会に出場、優勝。オレは大活躍。高校生にして日本代表チームから招集され、国際試合デビュー。

たぶんスカウトがたくさん来るだろうから、まだどこの大学に行くかは決めてない。まぁ、大学バレーでも超活躍するはず。大学卒業後は、オレの尊敬するイシハラ選手みたいにイタリアのプロリーグに入る！

オレが数あるバレーボールの強豪校の中からK学園をえらんだのには大きな理由がある。

それは――校則がきびしくないこと。バレー部もパーマOKなことだ。一度練習試合を見に行って確かめたからまちがいない。ここのバレー部は1年から3年まで仲がよくて、髪型や持ち物について先輩からとやかく言われることもないんだって。

オレ伝説第1章の幕開けとなるあしたの入学式には、さっそうとイシハラ選手そっくりな髪型で登場するひつようがある。

イシハラ選手の髪型は「ツイストスパイラルパーマ」ってヤツだ。揚げせんべいで「ひねり揚げ」ってあるじゃん。あれみたいな、クルクルねじったパーマだな。で、頭の後ろは短くかりあげる。強烈なアタックを打って着地したとき、クルクル髪がファサッてなるのが超カッコいい。

そのパーマをかけるために、オレは中学のバレー部をやめて髪をのばしてきたんだ。

うちの中学の男子バレー部は、顧問の先生の方針で「全員丸刈り」って決まりでさ。

しょうがないから丸刈りにしたけど。たえられない！　丸刈りなんか大っきらいだ！

　2年の夏に決意した。「丸刈りがイヤだから退部する」って言ったら、「バレーがすきなら髪型くらいガマンしろよ」って言うヤツもいたけどさ。やっぱりそこはゆずれない。

　オレが目指してるのはただのエースアタッカーじゃない。イシハラ選手みたいにカッコいい髪型のエースアタッカーなんだから。退部したあとは地域のクラブチームに入れてもらって練習してきたんだ。

さて、問題はどこの美容室に行くかなんだけど。これまでは資金をためるために千円カットの店にしか行ったことがないから迷いまくりだ。

しっぱいはゆるされないからな。ヘアスタイルのカタログ雑誌に紹介されてる店をリストアップして、その店にかよってる人のSNSをチェックして満足度を調べてるうちに春休みは過ぎていった。

そんなこんなでもう日がなくなっちゃって……。とりあえず原宿とかオシャレな街の美容院に行って「イシハラ選手みたいにしてください」って言えばどうにかなるかなとおもってたら。

すごい情報を得てしまった。

なんと、最より駅のそばにできたばっかりのシェア美容室に「イシハラ選手の担当美容師」がいるんだって。シェア美容室ってのは、美容室の設備があるお店を、お店に所属してないフリーランスの美容師が使うシステムなんだそうだ。

教えてくれたのはクラブチームのコーチだ。たまたま人づてでこの情報をキャッチして「予約いっぱいじゃないそうだから行ってみたら？」って知らせてくれたんだ。
こんなチャンスってある？
イシハラ選手の髪型とマジで同じになれちゃうじゃん！
オレはさっそく、そのシェア美容室とやらに走った。

「今日はあとひとりだけ、４時からなら受け付けできますよ。予約しますか？」
その美容師――コゼキさんは気さくに応対してくれた。
ただし、問題は予算だ。オレはわたされた料金表をじっと見つめる。
カット（シャンプー、ブローつき）……６千円
パーマ……９千円
オレの所持金はジャスト１万５千円。
コゼキさんはレベルが高い美容師なんでフツーよりだいぶお値段が高い。カットとパーマをやってもらうと全額キレイに使い果たすことになる。うーん、さすがに高いよなぁ。ほかに買いたいものもあるし……。

迷ってたら、コゼキさんはやさしく声をかけてくれた。

「キミ、イシハラさんの大ファンなんだよね？　なら、ぜひやらせてもらいたいな。この話をしたらイシハラさんも喜ぶだろうね」

うっ。なんて殺し文句だ！

どうしよう。

「えっと……5分だけ考えてきます」

オレは本気で検討するために、ちょっとコゼキさんのそばをはなれた。

すると……となりのブースに目がすいよせられたんだ。

なんと、そこには「カットモデル募集中（無料）美容師1年生・ナルイノゾミ」ってはり紙がしてある。

「あの……ホントに無料でやってもらえるんですか？」

ヒマそうにしてるお姉さんに話しかけると、彼女の顔がパッとかがやいた。

「うん。わたし、美容師の学校を出たばっかかなのね。経験をつんでもっと上手になるためにときどきカットモデルを募集してるんだ」

こっちの要望どおりにやってくれるしパーマもOKだって。一応ちゃんと資格を持ってる美容師なんだし、タダならよくね？　1万5千円、まるまるほかのことに使えるじゃん。

そのとき、店のドアが開いた。大学生くらいの男が入ってきて、まっすぐにコゼキさんの方に向かう。コゼキさんはそいつと何やら話してから、こっちにかけよってきた。

「どうしますか？　もし、キミがそちらで切るんだったら、あの子の予約を受け付けることにしますけど……」

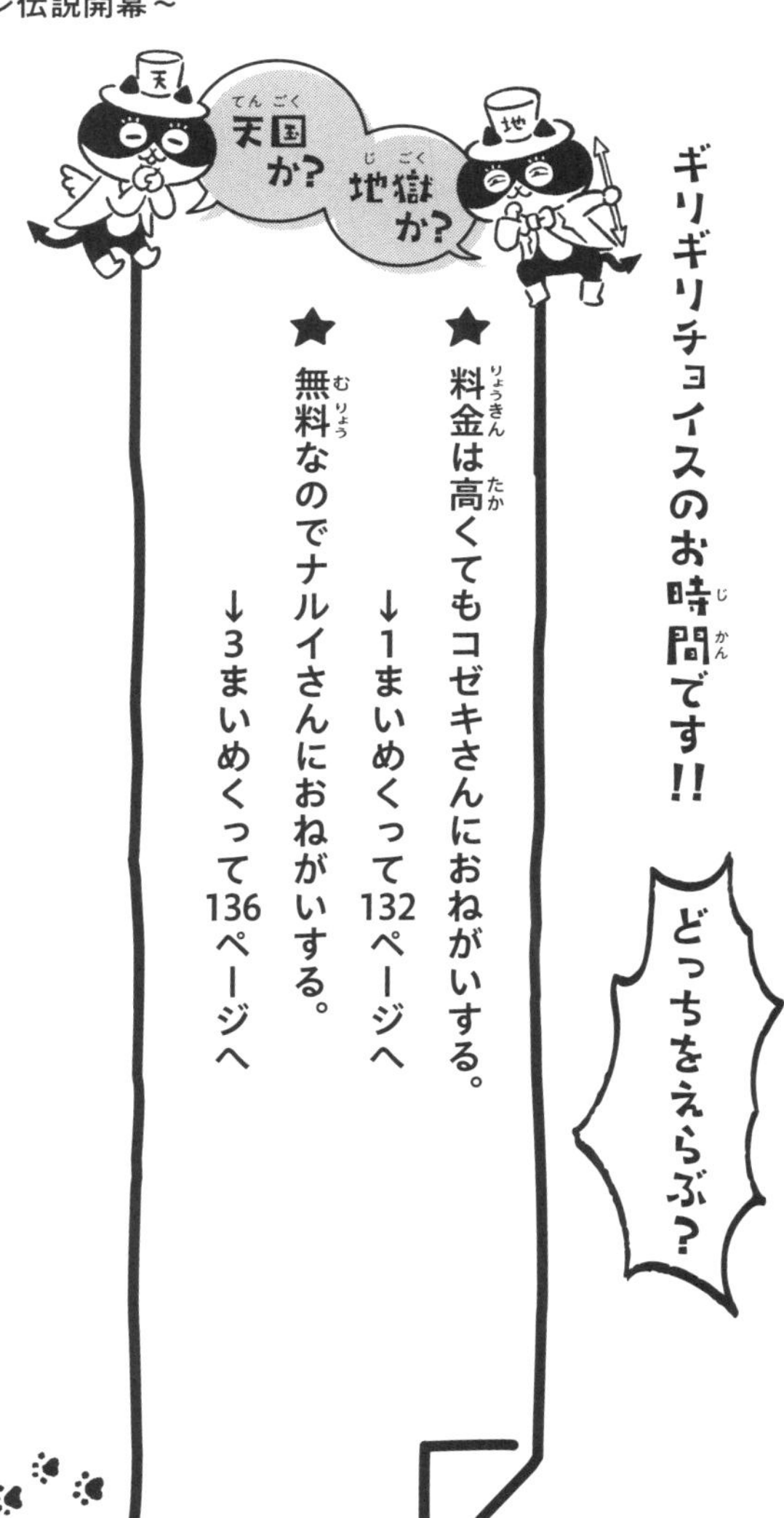

ギリギリチョイスのお時間です!!

どっちをえらぶ?

★料金は高くてもコゼキさんにおねがいする。
↓1まいめくって132ページへ

★無料なのでナルイさんにおねがいする。
↓3まいめくって136ページへ

地獄チョイス

お金をはらって、プロ美容師に丸刈りにされた話

まさかお金をはらって、大っきらいな丸刈りになるなんて!?

夢なら覚めてくれ!


やっぱりこんなチャンスはめったにないとおもったんだよ。そりゃ高いけどさ、大事な高校デビューだから。あこがれのイシハラ選手の担当美容師にやってもらうなんて気持ちの上でもデカいじゃん。

オレが「予約します」って言うと、大学生らしい人はざんねんそうに帰っていった。

オレの番になると、うれしくなってさ。シャンプーをしてもらってるあいだ、オレがどんなにイシハラ選手にあこがれてるかをしゃべりまくった。バレーボール雑誌の記事を切りぬいてるとか、イシハラ選手のSNSのアカウントでファッションや愛用の自転車とかチェックしてることなんかを。

「そうかぁ。すごい大ファンなんだね。じゃあ……イシハラさんとまるっきり同じスタイルにしていいんだよね？」

「はい、おねがいします！」

そうハッキリ言ったのはオレなんだ。

ジョキ！

後ろの方にハサミが入ったときは、かりあげにするとこを短く切ってるとおもったんだ。

ところが。コゼキさんはバシバシ髪を切り落としていく。そして、バリカンに手をのばし……。

「え、あ、あれ？　あの……その……」

真剣なまなざしでどんどん髪を刈るコゼキさんに話しかけられず。

「えっと、これもしかして……？」

おずおずと言うと、コゼキさんはニカッとわらってタブレットを差し出す。

表示されているのはイシハラ選手のSNSのアカウント。

ウ、ウソだろ〜〜〜〜〜〜〜〜〜〜っ！

イシハラ選手、丸刈りになってる!?

イシハラ選手の笑顔の写真には「美容師のコゼキさんにカッコよくしてもらってきました。おもい切ってイメージチェンジ！」ってコメントがついてる。

コゼキさんは、オレが毎日イシハラ選手のアカウントを見ていて、とうぜん「最新」のイシハラ選手の髪型にするつもりで来たとおもいこんでたんだ。

いやぁ、はっきり伝えなかったオレも悪いんだけどさ。

けっきょくパーマはかけられなかったから9千円は手元に残った。その金でオレはイシハラ選手が着けてるのとそっくりなヘアバンドと、丸刈りをかくすためのニット帽を買って帰ったんだ！

全国1位のトップ美容師が、オレの担当になった話

「損して得取れ」って、ことわざ知ってる？　「一時的には損しても、うんと長い目で見れば得するような、広い視野で物事を見なさい」みたいな意味かな。オレはまさに損して得を取ることになったんだ！

「で、そのイシハラ選手ってどんな髪型なんですか？」って言われたから、オレはスマホに保存してあったいろんな写真を見せたんだ。

ナルイさんは「なるほど、わかりました！」って言って始めたんだけど。カットするときも、パーマをかけるときもなんだか不安そうな顔でやってる。こっちも心配になってくるよね。

2時間くらいかかったかなぁ。

パーマのロット（髪をまきつける道具）をぜんぶはずして、パーマの薬剤を落とすためにまたシャンプーして、ドライヤーでかわかし始めたとき。
これ、なんかちがうかも……っておもったよね。
えーと、パーマが強くかかりすぎ？　それか、クルクルが細すぎたのか。
たとえていえば、長いイモムシがいっぱいぶら下がってるみたいな髪型になってたんだ。これだとジャンプして着地したとき、髪が「ファサッ」じゃなくて「ボヨヨヨーン」ってなる……んじゃないか？

「すいません、ちょっと予定とちがっちゃいましたよね」

ナルイさんは青くなってる。

「ちょっとどころじゃないよ！　いくら無料でもこれはないだろ！」って言いたかったけど……口を開いたらなみだが出ちゃいそうで、オレは何も言えなかった。なんてザマだ！

そしたら、ナルイさんは言ったんだ。

「たいへん申し訳ないです。あの……わたし、必ずうまくなります。だから、これから毎月カットモデルに来てくれませんか？　もちろんずっと無料でやらせていただきます」

　そこからのナルイさんの上達ぶりはすごかった。なんと1年後には、「ヘアスタイリスト・コンテスト」で全国1位をとっちゃったんだ。

　お言葉にあまえて長いこと無料で髪を切ってもらってたけど、そろそろ「ちゃんとお金をはらいます」って言おうとおもってるところだ。なにしろ今じゃ予約を取るのがむずかしい日本一の美容師が担当なんだから、オレも鼻が高い。

　オレは今もイシハラ選手のファン

だけど、もう髪型はマネしようとおもってない。

ナルイさんが「こういうのが似合う」と提案してくれたスタイルが最高にカッコいいんだもんね。

012 勝つぞ！ 児童会選挙

★小6・ヨウヘイの場合

「児童会会長に立候補する決意をしたあと、みんながすばらしい小学校生活を送るために何ができるかをじっくり考えました」

ぼくはこう言って、壇上からみんなを見わたした。うん、みんな、ちゃんと聞いてくれてる感じがする！

今、ぼくは児童会選挙の演説のまっさい中だ。

ぼくの学校では、児童会役員に立候補できるのは5年生から。投票は4年生からできる。選挙でえらばれるのは会長ひとり、副会長ふたり、書記ふたり。

会長に立候補できるのは6年生だけだ。

6年の3クラスから、ひとりずつ候補者を出すことになってる。

4年生や5年生は、ぼくたち候補者の6年生がどんなヤツかあんまり知らないだろうから、この選挙演説の印象が勝負を決めるのはまちがいない。

1組の会長候補のヤナギハラさんは「運動会や学芸会のほかに、全校で楽しめるレクリエーションを増やしたい」と言っていた。

意表をつかれたのは2組のオオウチくんの演説だ。演説をラップでやってのけたんだ！

「児童会だけじゃダメなんだ、みんなの力を貸してくれ！　みんなでつくろういい学校、楽しくやろう、ウォウウォウイェイ！」

演説の内容はスカスカだけど、パフォーマンスとしては大ウケだった。

ふたりをくらべると、マジメよりの子はヤナギハラさんをえらぶかな？　おもしろいのがすきな子はオオウチくんに投票しそうだ。

さて、ぼくをえらんでもらうにはどうしたらいいのか。ママに相談したら「演説では公約をはっきり言うといいよ」ってアドバイスしてくれた。

公約ってのは「約束」のことだ。「自分が会長になったらこんなことをします」って約束することだね。

しかも、その公約はみんなが「それいいね！」っておもうようなヤツじゃないと。

そこで――ぼくはふたつ公約を考えてきたんだ。ただし、じっさいに演説で言うのはひとつだけ。よくばってよさそうなことをいくつも言いすぎるとインパクトがうすくなるからね。どっちにするかはヤナギハラさんとオオウチくんの演説を聞いてから、その場で決めようとおもっ

てじゅんびしてきたんだ。

ひとつは、「図書室にマンガを入れてもらうこと」だ。うちの学校は図書室にマンガがない。歴史マンガとかはあるけどね。ほかの小学校では、アニメになってるようなマンガも入ってるところがあるって聞いたんだ。これは、図書室の司書の先生に交しょうすればなんとかなるとおもうんだ。「マンガを入れれば、みんなもっと図書室を活用するようになります」って言うつもりだ。説得力あるだろ？ これこそ具体的な公約ってもんだよね。

ヤナギハラさんの公約はちょっとあいまいだ。たとえばどんなレクリエーションを考えてるのかくわしく言わないと、弱いんじゃないかな。

もうひとつは「理想の学校にするためのアイディアを募集するポストを設置する」っていうのだ。ただ募集するだけじゃなく、ひとつひとつのアイディアに返事をかきます」って宣言する。いいアイディアは「こういうふうに実現していきます」って説明するし、ムチャなアイディアにはムリな理由を説明する返事をかく。

オオウチくんも「みんなでつくろう」とか言ってたけど、やっぱり具体的に何をするかを言ってないしね。

ぼくの考えた公約、どっちもいいだろ？

はっきり言って当選する自信は大アリだ。

ぼくは息を大きくすった。

「これからぼくが児童会会長になったら実行することを言います。それは……」

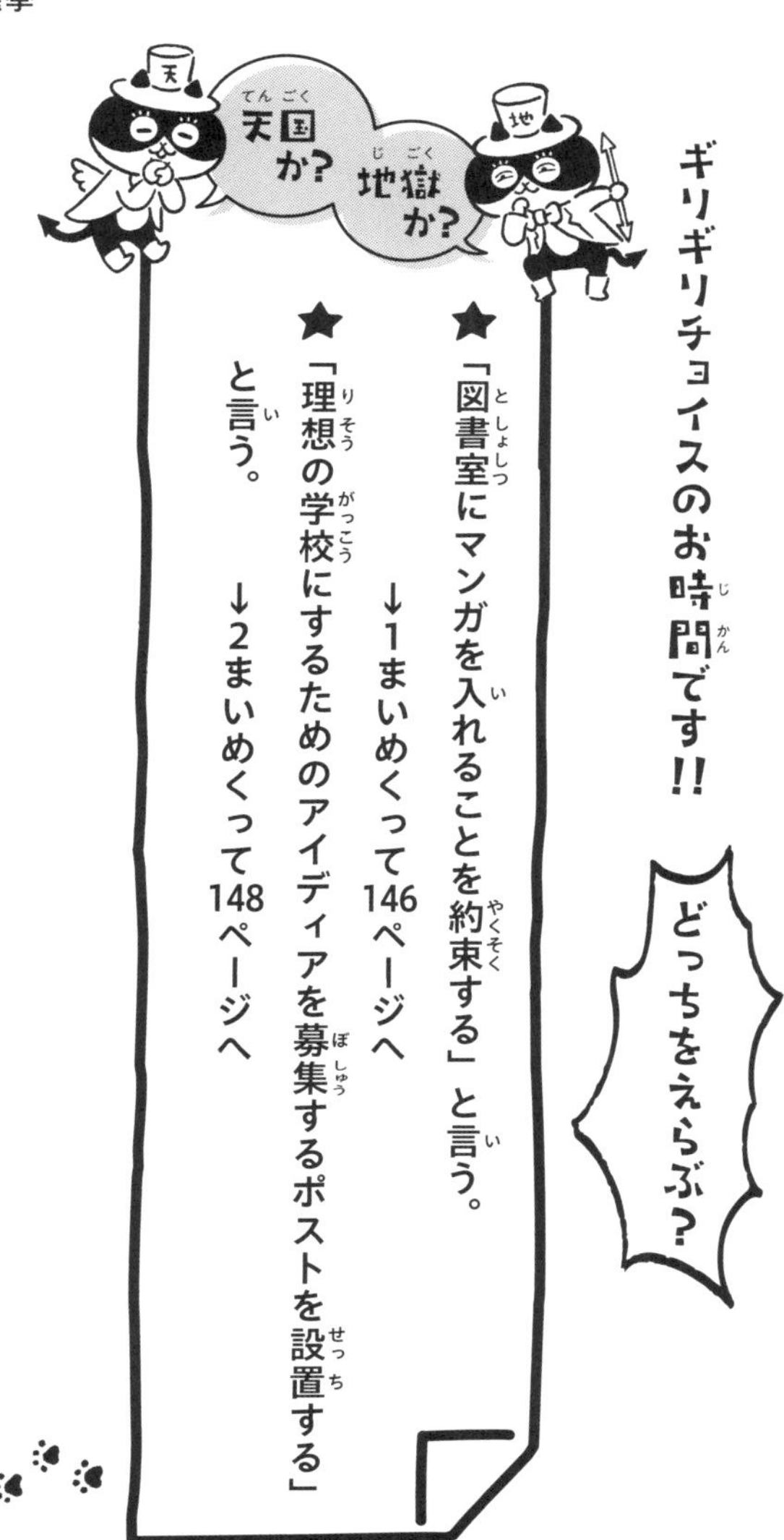

ギリギリチョイスのお時間です!!

どっちをえらぶ？

★「図書室にマンガを入れることを約束する」と言う。

↓1まいめくって146ページへ

★「理想の学校にするためのアイディアを募集するポストを設置する」と言う。

↓2まいめくって148ページへ

1週間で公約を実現して、会長っていうか「総理大臣」になった話

ぼくは当選して会長になった！

その1週間後には図書室にマンガが入った。

「会長さんのおかげで図書室でマンガが読めるようになった」とみんなは大喜び。

今や校内を歩けば知らない下級生にも声をかけられる人気ぶりだ。同級生には「おまえ、スゲーな」「政治家になれば」と絶賛され、あだ名は「総理大臣」になった。

まぁ、ぼくがどんなにすぐれてたとしても、当選から1週間で先生にかけあって今までのルールをかえるなんて、できすぎだとおもわないか？

じつは……これはぼくの手がらじゃない。

図書室の司書の先生は、今学期からマンガを入れるつもりで注文してあったんだって。

司書の先生は、ぼくの公約を知ったみたいだけど、「まぁ、わざわざ言わなくてもいいじゃない？」って、その件はだまっていてくれた。
　みんなにほめられすぎでちょっとムズムズするけど……ま、いいよね！

終

地獄チョイス

毎日手紙の山にかこまれて、居残りで返事をかくことになった話

やっぱりみんな、学校に対して言いたいことがいっぱいあるんだな。

みごと会長になったぼくは、それをしみじみ感じていた。

いや、もううんざりするくらい感じたんだよ！


児童会室の外に「理想の学校にするためのアイディア募集箱」をおいたその日から、箱はいっぱいになった。

毎日、なん十通もの手紙が入ってる。

99%は「授業でゲームをやらせてほしい」とか「おやつの時間をつくってほしい」とかアホなアイディアばっかり。

だけど「ひとりひとりにちゃんと返事する」ことにしちゃったからなぁ。

副会長と書記に手つだってもらっても手紙の山はへらなくて、みんな不満タラタラ

だ。
だよなぁ、放課後を毎日つぶし
ちゃってるんだから。
けっきょく、わずか１週間で先生
から「廃止しなさい」と言われて、
ぼくの公約は大しっぱいに終わった。
せっかく会長になれたのにスター
トからズッコケちゃった。
カッコわる〜〜〜〜〜っ！

013

夏休み最後の日

★小6・カイの場合

あ、ヤバい！　また、水やるのわすれてた。

ぼくはベッドからとびおきた。

夏休み中、水やりはぼくの仕事ってことになってたんだけどわすれてばっかりだ。今気づいてよかった。ぼくが出かけたあとママが帰ってきて、はち植えの土がカラカラなのを見つけたらまたおこられるとこだった。

ビーチサンダルをつっかけて外に出る。

つんのめったはずみで、サンダルの鼻緒がぬけちゃった。ぬけたところが大きくさけて……こりゃ修復不可能だな。

こわれたサンダルをけっとばし、はだしになってホースに手をのばす。

ずらっとならんだママのはち植えに水をやっていると、すみっこのプランターが目に入った。

あれ、片づけなくっちゃな。

そのプランターは、ぼくがオクラを育てようとしたヤツだ。

おじさんに苗をもらったんで「夏休みの自由研究はオクラの観察日記で決まり！」とおもってたんだけど、すぐにからしちゃった。

自由研究をどうするか決めないうちに、夏休みも最後の1日になっちゃたんだけど。

でも、だいじょうぶ。

今日は、近所の児童館で「小学生まつり」ってのがあってさ。

チラシによれば体育館でのレクリエーションゲームやバドミントンのほかに、「体験コーナー」がある。

「Tシャツ染め」「オリジナルキャンドルづくり」「万華鏡づくり」「よくとぶ紙飛行機づくり」のメニューがある。

これで自由研究はいっちょうあがりってわけ。材料費300円でできるんだからありがたい！

ちょうど門の外に、同じクラスのタケが顔を出した。いっしょに行く約束をしてたんだ。

「カイ、児童館行こうぜ！」

「ちょっと待って。すぐ行く」

ぼくはげんかんにもどった。げた箱の上にママがおいてってくれた300円をポケットに入れる。えーと、ビーサンの代わりのくつは……？

夏休みのあいだはビーサンしかはいてなかったんだよな。夏休み前にはいてたスニーカーはあなが開いてすてちゃったんだ。

ママがこの前、新学期用にスニーカーを買ってきてくれたんだけど。この水色、気にいらないんだよなぁ。ぼやっとしたダサい水色でさ。

ママがなんでこれを買ったかっていうと、そこのスーパーで大安売りしてたからだ。サイズの小さいのから大きいのまで、このスニーカーが山づみになってたの見たもん。この色、不人気なんだよ。

今日、児童館には、ぼくがちょっと気になってるシミズさんも来るっていう情報をキャッチしてる。なのに、こんなスニーカーで行くの、ちょっとイヤだなぁ。このへんに住んでる人はみんな「あ、あの売れ残りのスニーカーだ」って気づくだろうし。

でも、ほかにぼくがはいていけるようなくつはないいし。

待てよ。

ある。ぼくのサイズに合うスニーカー、あるじゃん！

スニーカーをコレクションしてる人っているじゃん？　うちのパパはそれなんだ。おし入れにたくさんしまいこんでてさ。コレクションするだけで、はかないの。

ぼくのサイズにぴったりのカッコいいやつがあったから、前に「ちょうだい」って言ってみたけど「ダメだ」って。

あれ、ちょっとかりようかな。よごさないように注意すればいいよね。パパが仕事から帰ってくる前にもどしておけばいいんだし。

ギリギリチョイスのお時間です!!

どっちをえらぶ？

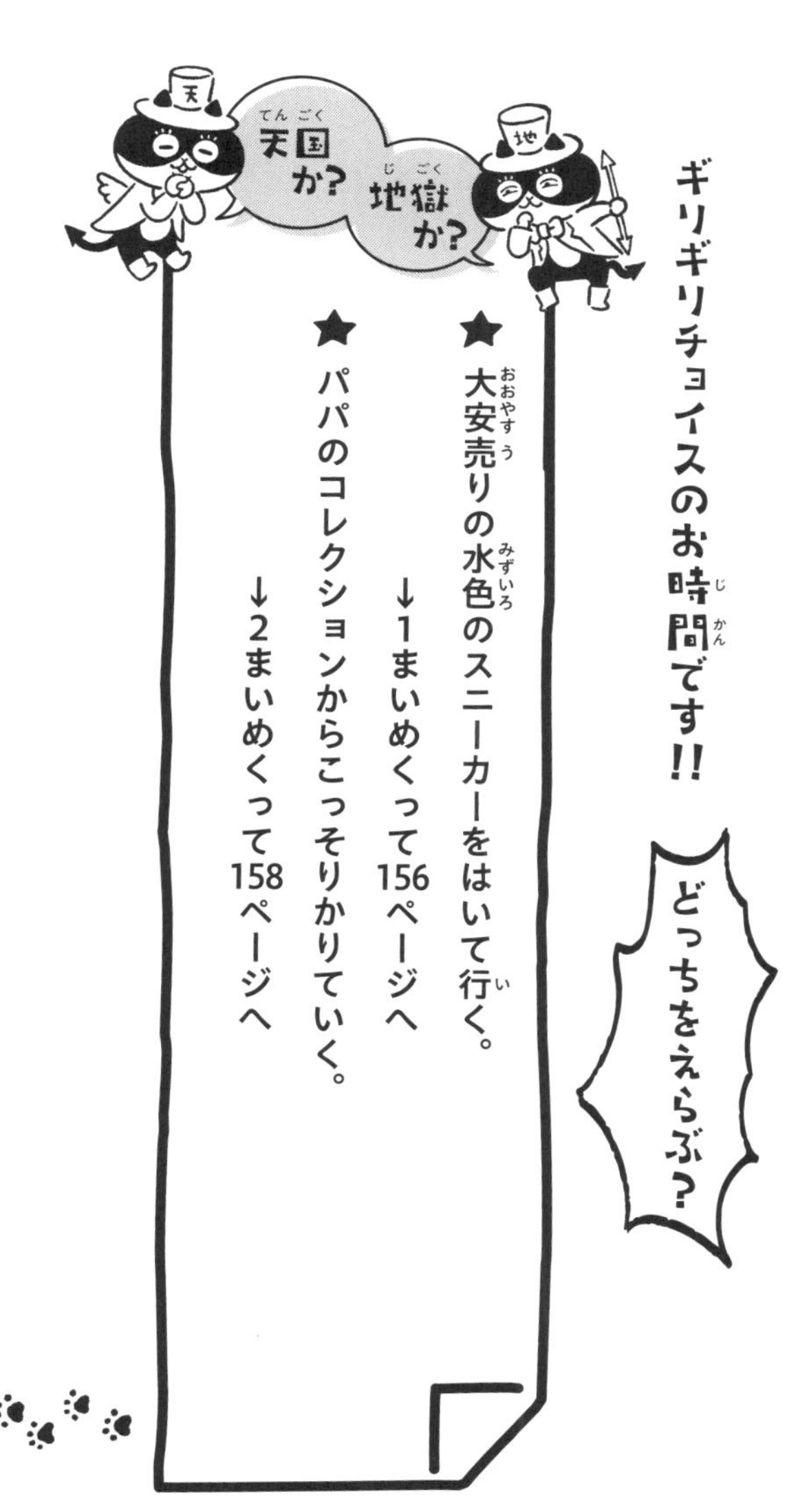

★大安売りの水色のスニーカーをはいて行く。
↓1まいめくって156ページへ

★パパのコレクションからこっそりかりていく。
↓2まいめくって158ページへ

天国チョイス

気になる女子とおそろいの、イケてるスニーカーを手に入れた話

　しぶしぶ水色のスニーカーをはいて行ったんだけどさ。

　ぼくはこの日、スカッとしたグリーンのスニーカーをはいて帰ってきたんだ。

「体験コーナー」で何をやろうか迷ったけど。シミズさんが「Tシャツ染め」をやるっていうから、さりげなくついていったんだ。女子って、服とかくつとかにびんかんじゃん？　シミズさんがぼくのスニーカーをちらっと見たから「あ、見られたな」っておもったんだけど……なんとシミズさんも同じのをはいてるじゃん。

　シミズさんは「あたし、この色すきじゃないんだ」って。やっぱり親が買ってきたんだって。そして――シミズさんは言ったんだ。

「だから、このスニーカー染めちゃおうとおもってはいてきたんだ」

「シミズさん、天才じゃん!?」

児童館の人に聞いたら、スニーカーを染めるのもOKだって。で、染め方を教えてもらってさ。シミズさんとおそろいでグリーンに染めたってわけ。染めて、外においといたらすぐかわいちゃった。

シミズさんと仲よくなれたし、自由研究もクリアしたし、スニーカーはカッコよくなったしで100点満点の日だったぜ！

パパのスニーカーが崩壊して、半ベソで自由研究のネタをさがすことになった話

ママにへんにおもわれないように、水色のスニーカーは自分の部屋にかくして出かけた。ぜったいによごさないように注意すれば問題ないとおもったんだ。

なのに、あんなにキレイなスニーカーが5分歩いただけでボロボロになるなんて！

ぼくはすばやくパパのおし入れをあさった。

運よく、前にいいなとおもったスニーカーはすぐ見つかった。

白に蛍光イエローとグリーンのもようが入ってるやつ。それをはいて出ると、タケはすぐに気づいて「何それ、カッコいいじゃん」って言った。いい気分で歩き始めたんだけど。

児童館に着いて、くつをぬごうとしたら――スニーカーのくつ底が両足ともベロンベロンにはがれちゃったんだ！

児童館の人によると、これは「加水分解」っていうんだって。おし入れとかに長いこと入れっぱなしだと、湿気でポリウレタンの素材が劣化して、一度もはいてなくてもボロボロに割れちゃったりするらしい。

ショックでとても「小学生まつり」に参加する気分じゃなくなったから、ぼくははだしでノコノコ帰ってきた。パパにはめちゃくちゃおこられ、なきながら自由研究のネタさがしをすることになって……さんざんな日になっちゃったよ！

終

[著]
栗生こずえ
（あおう こずえ）

東京都出身の小説家・編集者・ライター。主にマンガ・児童書関連の分野で執筆・編集活動を行う。宝島社「このマンガがすごい！」のメインライター。著書に「3分間サバイバル」シリーズ（あかね書房）、『そんなわけで国旗つくっちゃいました！図鑑』（主婦の友社）、『かくされた意味に気がつけるか？ 3分間ミステリー 真実はそこにある』（ポプラ社）など多数。

[イラスト]
esk
（いーえすけー）

千葉県出身。多摩美術大学グラフィックデザイン学科卒。イラストレーター。猫とお酒をこよなく愛する。インスタグラムはフォロワー 9.5 万人超え。著書に『ミィちゃんは今日もがんばらない』（亜紀書房）などがある。

ギリギリチョイス　天国か?地獄か?

2024 年 8 月　第 1 刷

[著] 栗生こずえ　　[イラスト] esk

発行者　加藤裕樹
編　集　齋藤侑太
発行所　株式会社ポプラ社
〒 141-8210　東京都品川区西五反田 3-5-8
JR 目黒 MARCビル12 階
ホームページ　www.poplar.co.jp

印刷・製本　中央精版印刷株式会社
装丁・ブックデザイン　百足屋ユウコ（ムシカゴグラフィクス こどもの本デザイン室）

ISBN978-4-591-18252-9　N.D.C.913　159p　19cm　Printed in Japan

P4900384